満ち欠けのない月

鴇尾 涼

Ryo Tokio

文芸社

目次

一．満ち欠けのない月……5
二．紫陽花……26
三．表裏……47
四．反芻……63
五．素性……88
六．夫婦善哉……100
七．異空間……113
八．東下り……127
九．満月……147
あとがき　180

一．満ち欠けのない月

僕は今、岩手に向かう新幹線の中で、不覚にも泣いている。泣きながらも、ふと冷静になって、二十年ほど前にも、大学浪人が決まって東京の予備校に向かう真逆の上りの新幹線で同じように泣いていた気がして、そのときは何で泣いていたのかを考えていた。

窓際に映る自分を確認するのが怖くて、溢れ出しそうになる熱い何かを先ほどからビールとハイボールで飲み込んでやっていると、不思議と一瞬だけ気持ちが紛れた。

でも、いつもより酔わないながらもさめていく酔いとともに、それらも一緒に蒸発していくようだった。

東京発十八時五十六分の「はやて・こまち」三十九号、新青森・秋田行きだ。

僕は電車にしてもバスにしても窓際か端の席に座りたがるため、盛岡で分離するこの新幹線に、空席の有無だけで、新青森・秋田行きのこまち号に敢えて乗っている。だから、別にどちらにしても終点まで行くわけではない。きっと新青森の二十二時二十三分着、秋田の二十二時五十七分着の乗車客からすると、僕の降りる駅は盛岡より手前で、中途半端な時間帯に着くため、毎度この電車に乗るとホームに降り立った瞬間から列車が北に走り去るまで奇異なまなざしを背中に感じることになる。こんな街に住んでどんな暮らしをしているのか、などとあながち思われでもしているのではないか。

しかし、この地方都市も、最近では世界遺産に認定された寺院のお蔭で、地元ではにわか景気に酔っているようだった。

そんな小さな街では、テレビドラマや小説にでもなるような事件が起これば、コミュニティの小ささのためなのか、噂は人々の間にたちまち広がり、当の本人らが知らないところで好き勝手に誹謗や中傷がなされていた。僕は今まで、親や仲間など周りの人間が、その当人を噂するのに一応耳を傾けはするが、別に記憶に留めることもなく、ただ聞き流すだけだった。

そう、自分が当の本人になるまでは。

僕は妻だった女性を東京に置き去りにしてきた。いや、彼女が東京に住むことを望んだのだ。

一．満ち欠けのない月

　八月の終わりの東京は、まだまだ夏真っ盛りだった。仮住まいが決まるまでのホテルに彼女を一人残し、全身に滲むいやな汗もそのままに、最寄りの亀島駅までの道のりを歩いた。

　緑道公園の街路樹からは、都会の喧騒すらかき消すほどのセミの鳴き声が悲痛な読経のように聴こえた。

「ようちゃん、私、東京に住みたい……。今さらこの歳で実家に帰ったって親も皆死んじゃって誰も居ないし……。色々面倒くさいのよ。仙台とか盛岡とか中途半端なところに住むより、誰も知らない街で暮らしたい」

　車の助手席でそう言った静香の横顔は、涙顔で少しやつれて見えたけど、声の張りはしっかりしていて、何かが吹っ切れたようにも見えた。

　一つの深刻な事実を告げるため、彼女を誘って海に行ってはみたが、結局言い出せず、家を素通りして地元の城跡だという高台の駐車場に車を停め、眼下に見下ろす薄暗い街の明かりをぼんやり眺めながら僕は話をぼそぼそと切り出した。四月になっても東北の春先は朝晩まだ冷え込むことがあり、ヒーターをかけた車の窓は少しくもってきた。

僕は、妻ではない別の女性との間に子供をつくってしまった。

ずっと静香をだましてきた。彼女も最近の僕をおかしいと思ったに違いない。でもずっと僕のことを信じていたと言った。僕はもう取り返しのつかないことをしてしまった。

子供の頃は自分が親になるなんて想像もできなかった。いったい何歳になったら大人になるのか。また自分はいったい何歳で結婚して、何歳で子供ができて、将来自分が三十や四十になったらどんな生活をしているのだろうなどと、とりとめもないことを考えていた気がする。しかし、どう想像してみても自分が子供を持つ親になることだけは想像できなかった。

そして、その歳になった現在もなお、この〝命題〟からは逃れられていない。

テレビをつけると、父親の育児参加を目指した教育番組の中で、手馴れない様子の父親たちが、育児教育の専門家の指導のもと、一歳児程の子供のしつけ方などを学んでいる。

自分には関係ないし、隣で何気なく見ている静香に対しても何故か気まずい気がしたので、さりげなくチャンネルを変えた。

静香とは結婚して今年でまる十二年になる。入籍日や結婚披露宴の日付には語呂がよく、忘れにくいようにとかなりベタな日付を選んだ。結婚式はちょうど十二年前の五月五日だった。連休中のこともあり、親戚はもちろん、友人や知人まで大勢の招待客に祝福されて僕たちは結婚した。

披露宴の司会者が「子供は何人欲しいですか？」と常套句を聞いてきたとき、僕も静香も「三人」と答えた記憶がある。確かに、子供は欲しかった。男二人と女一人。名前まで考えたこともある。


静香とは同じ職場での恋愛結婚だった。僕は病院の薬剤師で静香は看護師。結婚前の数ヶ月は、金も無かったから、職員寮で同僚の目も気にせずに同棲していた。結婚後もその寮で新婚生活がスタートしたが、静香には仕事を続けてもらった。

静香は家庭の事情で高校は奨学金を借りて三年間通った後、県内の看護学校に入学したが、そこでも就学生として苦労して看護師になったようだった。

一方の僕は、両親のほかに祖父母もいるような家庭環境に育った。高校卒業後は東京の予備校で医学部を目指して二年間頑張ったがかなわず、滑り止めに受けていた薬科大学に入学した。医学部くずれで大学生活は夢も希望も特段無かったが、単位だけは落とさず無難に卒業することができた。

卒業後の進路に強い希望はなかったが、製薬会社の営業になって都会でビシッとスーツを決めて働くのもかっこいいか、なんて思って受けた就職試験は全滅だった。結局、滑り止めに受けていた地元の病院からだけ採用通知が来たが、親はとても喜んでいたようだった。そして、初任地がたまたまそこだったのだが、僕と静香は静香の地元の病院で出会ったのだった。

僕は、僕には絶対ない何かを持っている静香を好きになった。そして静香の境遇を知って、僕は彼女を救ってあげたいと思った。静香が幼少期に得られなかった愛情にあふれた家庭を、僕と静香と子供の三人で作りたいと本気で思った。

結婚してもすぐには子供ができなかった。三つ年上の静香は多少焦っていたのかもしれないが、僕はいずれできるだろうと軽く考えていた。

これまでに一度だけ静香が妊娠したことがある。薬局で買った尿検査キットを僕に見せて「できたかもしれない」と恥ずかしそうな、何故か困ったように顔を紅潮させて、僕に何か訴えるような目で、そして何かに対して同意を得ようと必死に見つめているように見えた。でも、そのとき僕にはそんな静香の潤んだ目がとても愛おしく思えた。

数日後、産婦人科を受診した静香が胎児の超音波の写真を見せて、その白黒の絵の中にかすかに写る「我が子」を指さした。

「まだ、二ヶ月だって。小さくて分かりづらいけど、これから定期的に受診して胎児の健康状態を診察していくって、先生が言ってた。……でも、今日の超音波では胎児の心臓の動きがよく見えないから、来週旦那さんと一緒に受診しなさいって……」

僕たちは少し不安になったが、きっと大丈夫だろうと、気が早いことに病院の帰りにベビー用品店に立ち寄り、静香のマタニティ用品を色々と品定めしながら、手さげ袋で二つほど買いあさった。

しかし次の週、産婦人科を二人で受診すると、経験豊富そうな年配の医者からは冷酷な言葉が告げられた。

「胎児の心臓が動いていないから、今回は諦めなさい。放っておいても自然に流れるだろうけど、気持ち悪いなら簡単な手術をして胎盤を剥がせるけどどうする？」

僕たちは、今ここでせっかく宿った命を捨ててしまうような気がしてためらった。しばらく自然に任せてみることにしたが、それでもだめな場合には受診して処置をしてもらうように頼んだ。

数週間後、結局自然に胎盤が剥がれることは無かったため、受診して処置を受けることにした。静香は寂しそうな顔で処置室に入っていった。小一時間して、処置室から出てきた静香は青白い顔をしていて、とても具合が悪そうだった。だいぶ出血がひどかったのか、普段は明朗快活な静香がとてもやつれて見えた。その晩、家に帰った静香は熱を出して寝込んだ。僕は氷枕を準備して、静香の額のタオルを何度も絞った。

「ようちゃん、ごめんね」

静香は熱にうなされながら、一筋の涙をこぼした。

これまでの結婚生活で、この出来事が僕たち二人にとって〝子供〟を持った最初で最後の経験だった。

今にして思えば、あのときもう少し静香の胎内に僕たち二人の〝子供〟を宿しておけばよかったと思う。

――たとえ、その子が元気に心臓を動かしてくれていなくとも。一筋の希望を持っても
う少し待っていたら、もしかしたら今頃は――

などと。
何故か、あのときの記憶と共に悔しさと憤り、そして決して晴れることのない厚くて暗
い雲に覆われたままの心が今もこの胸の奥底にあり続けている。

髪の毛　手の平　愛の光
夢より　まばらな　淋しい熱
許されない　誰にも　喜ばれない
おまえが　咲くならば　僕は穴掘ろう
世界は壊れそうになった
今　流星のような雨の中
身体で身体を　強く結びました

夜の叫び　生命のスタッカート
土の中で待て　命の球根よ
悲しいだけ根を増やせ

その後、静香の体調は回復したが、月に一度の生理が来れば二人で毎回がっかりしていた。でも、その生理すら次第に不順となっていき、ついには全く来なくなってしまった。そんな面倒くさかった生理も、あるうちは、わずかな妊娠の可能性を残していたのだと後から悔んだ。

「私って、まるで満ち欠けのない月のようね」

いつか何気なしにつぶやいた静香の一言が忘れられない。

胎盤掻爬術はその後の不妊の要因になるという。

僕は当時、静香の流産の原因は仕事のせいだと考えた。看護師の仕事はただでさえハードな上に、静香は妊娠が分かってからも夜勤を続けていた。それは周りの看護師らも同じ条件で稼いでいたのだから仕方のないことだった。

流産してまもなく、僕は静香に仕事を辞めさせた。

静香が仕事を辞めた次の年、僕は盛岡の病院に転職した。地方都市だが、田舎よりも都心に住むことで、不妊治療に専念するには都合がいいはずだと二人で喜んだ。静香も地元を離れて一緒についてきてもらったが、まだ仕事はさせなかった。

それから僕らは雑誌や本、インターネットで専門医を調べたり、人から紹介されたりした病院やクリニックを回った。

地元で評判だという盛岡市内のクリニックでは、超音波画像を見た医者は、静香はもともと子宮が小さく、今現在卵巣も退化しつつあって、今後自然妊娠は難しいだろうとあっけなく指摘されてしまった。

いわゆる西洋医学において現状は厳しいと分かった静香は、東洋医学にかけてみたいと言った。本も出版していてインターネット上でも評判のいい、東京・銀座の漢方医を訪ねた。地図を印刷して上京したが、地下鉄の銀座駅から地上に出ると、その地図もあまり役に立たなかった。迷いながらもようやく並木通りのビルにその漢方医院を見つけた。

待合室には壁一面に赤ん坊の写真が飾ってあった。僕らもそのうちの一枚になれることを信じて、保険が利かない漢方薬を何万円も出して買った。その漢方薬は女性の漢方薬の王道といわれる当帰芍薬散をもとに調合されたもので、静香はそれを朝晩大事に煎じて飲んでいた。当時住んでいた盛岡のアパートの台所には、いつも漢方薬独特の甘く芳しい香りが立ち込めていた。

しかし、一年ほど漢方薬のみの治療を行ったが、妊娠の兆候すら見られなかったため、僕たちにはさすがに焦りがあった。

親にも不妊のことは伏せていたので最初は迷ったが、漢方医院を受診した帰り、国の医療行政職だった東京に住む叔母に電話で連絡を取り、急きょ会ってもらうことになった。

その人はもともと看護師をしていたため、国内の病院に多くの知り合いがいた。叔母は親身になって話を聞いてくれ、不妊治療の権威で体外受精の第一人者だという医者が、仙台郊外で開院する病院を紹介してくれた。

そこでは問診に結構な時間をとり、様々な検査をして多方面から不妊の原因と治療方法を探ってくれた。しかし結果は同様、現在の日本の医療技術や保険制度では有望な治療はできないからと、その医者からあべこべに東京のクリニックを紹介され、実質的には見捨てられてしまった。

仕方なく出向いた新宿のクリニックでは、あっさりと〝早期閉経〟の診断を告げられ、姉妹がいるなら卵子を分けてもらい、体外受精するしかないと最後通告されてしまった。そして、医者からその場で無造作に渡された排卵誘発剤を、姉妹に飲ませて排卵日に三人で受診するようにという、あまりにも簡単な診察だった。紹介されたクリニックは、日本でも数少ない非配偶者間の体外受精を実施する施設だった。

僕はこの深刻な事実を告げられたとき、まるで真っ白い閃光の中に身を投じられた後、今度は暗室の中から目だけ出して外の世界を眺めているかのような錯覚を覚え、首から下の冷感と脱力感を同時に感じていた。

あのとき隣にいた静香は何を感じていたのだろう。

東京から失意の中新幹線で帰省し、日が暮れかかる頃に着いた盛岡駅からの道すがら、雫石川にかかる橋を渡って、とぼとぼと二人無言で歩いた。

二人の沈黙を打ち破るかのように、静香は声を絞り出すように言った。

「ようちゃん、あたしのこと捨てていいんだよ……。そして誰か別の人と幸せになってよ……。あたしが悪いんだから。あたしが産めないのが悪いんだから！」

僕は静香の口からは絶対に聞きたくなかったその言葉が電流となり、全身を走る錯覚を覚えた。

「何言ってるんだよ！　そんなことでしずのこと簡単に捨てられるわけないじゃないか！……医者が言ったように妹さんに頼んでみよう……。本当は二人の子が欲しいけど、今の医学じゃ無理だから仕方がない……。いつか医学が発展したら、そのときは必ず二人の子をもうけよう。それまでは頑張ろう」

僕は橋の真ん中辺りで、川上のずっと先に浮かぶようにたつ岩手山を見ながら静香の手をぎゅっと強く握った。静香は涙でぐしゃぐしゃの顔を僕に向け、小さくうなずいた。

二人はつないだ手を大袈裟に振って再び歩き始めた。

そのときの僕は、静香と生きていく選択肢以外は全く考えてはいなかったのは確かだ。

しかし、そこまでして子供を持つ意味があるのか。産まれた子は、法律上は夫婦の子だが、遺伝上は静香とは異なること。そしてその子が大きくなったときに、いずれ真実を話すのか。また、妹夫婦との関係をどうしていくのか。

様々な葛藤が胸に浮かんでは消え、僕の心をかき乱した。

姉妹はいたが、異父姉妹の妹だった。

静香の両親は彼女が幼少の頃離婚した。その後母親は再婚したが、静香は母親についていくことを拒んだため、祖父母が養子として引き取り高校卒業まで育て上げた。

妹にはすでに家庭があり、子供は男の子が二人いた。僕はその妹には面識があったが、旦那には結婚式で一度会っているだけであまり記憶がなかった。妹はその旦那には内緒で話を進めた方がいいと言ったが、僕は敢えて了解をもらうべきだと考え、青森に暮らすその旦那と電話で話をすることになった。

しかし、その旦那は電話に出たとたん、一方的にわめき散らしてきた。まるで電話口にチンピラかヤクザが登場したかのようだった。

「もしもし、水端です。この度はすみません……。本来ならば、そちらに出向いてお願いすべきことなのですが……」

「おう、高宮だ。あのよー。おだぐらぁよ。いったい何考えてんだよ。バカじゃねぇのか。あんな危ねえ薬なんかただ送ってきてよ。んで、うちの嫁の卵子くれろだぁ？　東京に行って手術しろだぁ？　……んなの、やれるわけねぇだろ！　頭おかしいんじゃねぇか？」

「すみません……。本当に何と言っていいか……。ただ、もう奥さんに頼るしかないんです……。ですから、どうか……」

「あーだめだ、だめだ。うるせぇ、黙れ。ぶっ飛ばされてぇのかよ！　電話だからってなめんなよ！　目の前にお前が居たらただじゃおかねぇぞ、このヤローー！　子供が欲しかったらな、養子でも何でも取りゃいいだろうよ。それかぁ、産めない女房なんか早く捨てて、別な女見つけりゃいいじゃねえか。お宅らのためにうちらの家庭めちゃくちゃにするようなことがあったら絶対許さねえからなっ！」

結局、自分の言いたいことも言えず、電話は一方的に切られてしまった。

自分が逆の立場だったなら、彼と同じことを言っていたかもしれないと思った。

その後、最初協力的だったように見えた妹は、旦那に説得でもされたのか、この一件以来心変わりしてしまったようだった。

僕は諦めきれず、妹の心を何とか動かすため丁寧に手紙を書いた。

高宮　朋子　様
突然のお手紙お許し下さい。

私たち夫婦は親戚の皆さんのお力添えにより、結婚して八年目を迎えることが出来ました。現在、何一つ不自由なく生活することができ、幸せな日々を送っています。

ただ一つだけ望むことは、二人の子供を持ちたいということです。

数年前に一度だけ二人の間に子供が出来たことがあります。そのときは人生の中で最も喜びに満ちた瞬間でした。でも、残念ながら、その子は私たち二人のもとには生まれて来てはくれませんでした。神様は二人に何か試練を与えようとしているのか、それとも私たち二人は子供を持つ資格が無いからなのかなどと、時々つまらぬことを考えては悔やんだり落ち込んだりしています。

この間お話をしたとおり、静香は不幸なことに自分の卵子ではもう妊娠できない体になってしまいました。医師からそのことを宣告されたとき、私は目の前が真っ暗になったと同時に、体の全神経や血液が凍るような思いでした。唯一、かすかな可能性として医師から言われたことは、姉妹がいれば卵子を提供してもらい、体外受精をする方法があるということです。その話を聞いたとき、最初は戸惑いました。やはり出来ることなら、真の二人の子供が欲しい。世界でただ一人愛する女性との間に二人の子供が欲しい。ただ、それだけなのです。私や他の人とは違い、親の愛情を十分に受けずに育った静香にはせめて自分の子供を持ち、その分の愛情をその子に全身全霊授けられるように、そして彼女にも幸せになって欲しいと願うばかりです。現在、静香自身がとてもつらい治療を受け続けています。長期的なホルモン剤治療は将来、乳がんなどの悪性腫瘍や脳梗塞・心筋梗塞になる危険性を高めます。また歳を重ねるほど出産の危険性も高まります。しかし、それでもいつか自分が子供を持つことを夢見て頑張っている姿を見ると、私は胸が張り裂けそうになります。

もう、頼れるのは血のつながった姉妹であるあなたしかいないのです。同じお母さんから生まれた姉妹です。その遺伝子は共通です。そして幾年かの後、いつかきっとその遺伝子は生まれ変わり、私の愛した静香のように強く優しい子孫が元気に生まれてきてくれることと信じています。親代わりになってくれた小俣のおばあさんも、もうご高齢です。そして、私の両親も歳をとり過ぎました。母親は数年前に病気を患い、現在も再発の危険と隣り合わせで暮らしています。もう私たちには後が無く、出口の見えない長く暗いトンネルの中をもがき苦しんでいるような心境です。

御主人はとても優しくて、あなたや子供さん思いのすばらしい方だと思います。何故なら、勇気を持ってご主人にこの話を打ち明けて下さったとき、反対したのはあなたのことを心配するからだと思うからです。

今回のお願いは、決してあなた達ご家族の幸せを壊すようなことはありません。逆に、これを機に姉妹や親戚、そして家族の絆というものを再認識して、今後一生皆様方とよい関係を築いていきたいと強く、強く思っています。

どうか、私たち二人を救ってください。お願いします。

平成〇〇年△月　水端　陽一郎

◆

彼女が東京暮らしを望んだとき、僕はインターネットから東京で今売り出し中のマンションを探した。できるだけ東京の中でも新しくて希望のありそうな明るい街。そんな街、住んだこともないのに分かるわけがないのに……。ただ、ネットから新築で予算内の条件で検索したところ、複数件ヒットした新築マンションの住所が今、新築マンションの建造ラッシュになっている街だということが分かった。

その街は光崎といった。

近々老朽化した市場の移転先になる程度のことは聞いたことはあるが、これまで別段に興味を持ったことはなかった。

「今度のゴールデンウィーク、東京のマンション巡りしよう」

僕は静香を誘った。これが彼女と行く最後の東京旅行になるのかもしれないとおぼろげに考えた。

早速ネットで日付と時間の希望を入れ、複数のマンションギャラリーに予約をとった。光崎、明海、暁町など湾岸エリアを中心に回ったマンションの数は十箇所ほどになった。せっかくのゴールデンウィーク、しかも五日のこどもの日は皮肉にも結婚記念日だった。

僕らは毎日、一日中歩きまわり、疲れ果てて連泊中の安ホテルの狭い部屋の大部分を占めるセミダブルのベッドで、交わることもなくただ眠った。

「明日は結婚記念日だね……。あーあ。まさかこんな形で迎えるなんてね……。十三回目で終わりかー」

静香は軽い冗談でも飛ばすように言った。

僕らはまだ戸籍上は夫婦だった。だから、二人でマンションを巡れば当然、普通の夫婦が新居を探しているととられただろう。しかし、もうすぐ他人同士になる僕らにとって、

〝ご主人様〟や〝奥様〟といったあまりにも無難な呼称に、とても違和感を覚えた。

僕らには残された時間が無かった。だから、帰る前にマンションを一つに絞りたかった。

マンションギャラリーのモデルルームは、どれも室内装備の使い勝手や、耐震や免震構造の必要性、不動産屋のブランド力などを売りにしていたが、四十歳を目前にしたこの年で借りられるローンのことを考えると予算は限られていた。

その中で、光崎の駅からは少し離れるが、２ＬＤＫで三千万円台の、ほかよりは安い物件を見つけた。

しかしそのマンションは、先に回ったブランド不動産がどうもライバル視している様子で、あそこは土地柄が悪く、地元人も避けるような治安の悪い場所に建つからやめた方がいいなどと吹聴された物件だった。

気になって後からネットで調べてみると、どうも戦後の混乱の中で起きた事件のことが複数件ヒットした。でも、何かいわくつきなのかもしれないが、今まさに奈落の底に落ちかけている僕にはどうでもいいことだったし、静香もそのマンションに住みたいと言った。

そのマンションは翌年の三月にできあがる予定だった。

僕らは三月に向けて、いずれ別々の道になるだろう道を歩み出した。

二、紫陽花

僕が妊娠させた女性は、同じ職場の新採用の娘だった。

笑われるかもしれないが、四月の入局初日の朝に彼女を見たとき、背筋を伸ばして机に座っている色白のその姿は、まるで、凛と咲く白百合のようで、今思えば、僕はそのとき何か特別な感情を抱いたのかもしれない。

彼女の名は、牧村琴代といった。

最初はただちょっかいをかけるだけのつもりで、恋愛に発展することなど到底ないと考えていたし、ましてや同じ職場内でどうこうなろうなんて夢にも思わなかった。

僕と彼女は年も十歳も離れているから、若い娘と、本気とも冗談ともいえないくだらない内容のメールのやり取りをしては楽しんでいたし、彼女は僕のことを〝オジサン〟呼ばわりしては喜んでいるようだった。

何かの話の中で、数万株ものアジサイが山中に咲く地元の植物園の話が出たとき、彼女は目を輝かせながらぜひ行ってみたいと言った。そして彼女は今、誰もいい人はいないから、誰か連れて行って欲しいといった。

僕はその場所には行ったことがあるし、家からも近かったから、その年の七月の半ばを過ぎた頃、職場で二人きりになったときに思いきって誘ってみた。しかし彼女は頑なに断ってきた。

僕は軽い気持ちで誘ったつもりだったが、彼女は既婚者とは行きたくないし、ましてやおつき合いなんか絶対にできないときっぱり言い放った。

その頃の僕の心には、何らかの変化が起こっていたのかもしれない。

何故だか、薄暗い湿っぽい山中に明かりが灯るように咲くアジサイの花と一緒に、彼女を眺めてみたいという強い衝動に駆られていた。

アジサイ　紫陽花
花言葉は〝冷徹で美しい女性〟
そして……〝不倫〟

アジサイ園行きを断られてからは少し落ち込んだが、忙しく仕事をこなす日々がしばらく続いた。

僕は数年前より、盛岡の病院から僕の地元の病院に再び転職していた。

静香も僕の地元の老健施設で、また看護師を始めた。

これまで僕の転職に合わせて職場を変えてきた静香は、看護師としての経験は豊富で、同じ職場の介護士などからも慕われる存在だったようだ。プライベートでも仲間たちとよく食事に行ったりしていた。

いつからか僕らは不妊治療や子供の話をしなくなっていた。

子供がいない分、お互い二人の趣味に時間を費やしたり、休みはできるだけ合わせて色々な場所に旅行したりして、それなりに充実していた。

僕は下手くそだが職場のつき合い程度にゴルフをやっていた。

いつもコンペ前だけはにわか練習でゴルフの打ちっ放しに行くのだが、そんな折、琴代の方からメールが届いた。

〈お疲れ様です。実は今度私も友達とゴルフを始めることになったんですが、ゴルフクラブはどういったものをそろえればいいですか？　いま盛岡のスポーツ用品店にいるんですが、レディースものもいろいろ種類があって悩んでました。全くの初心者なので分かりやすく教えてくださいね〉

僕は心が躍るような感覚を必死に抑え、冷静に返信することに努めた。

〈おつかれ。ゴルフやることにしたんだね。レディースもののクラブはあまり詳しくないけど、とりあえず初心者だったらアイアンは五番から九番くらいまでと、ウェッジはアプローチかピッチング、ドライバーは一番と三番をそろえれば十分かな。あとパターもね。でもメールではあまりうまく伝えられないから、ショップの店員さんに聞いた方が早いと思うけど？〉

まもなく琴代から返信があった。

〈わかりました。ありがとうございます。とりあえず店員さんに聞いてみることにします。もしよかったら今度ゴルフ教えてくださいね〉

僕はこの間のアジサイ園のことがあったから、どうせ今度もからかい半分の社交辞令だろうと思った。僕らはゴルフに関連したたわいもないメールをしばらくやり取りし、最初で最後の一度きりという約束で、ゴルフの打ちっ放しに行くことになった。

仕事帰りにゴルフ練習場に行くことにしていたため、僕らはそれぞれの車で行くことになっていた。

その日、職場で二人きりになったとき、琴代が少し照れ笑いしながら話しかけてきた。

「今日どうするんですか？　本当に行きます？」

「どうするって、行くんじゃないの？」

僕は少しムッとしながら答えた。

「私、どうなるか分からなくて、車にゴルフバッグ積んできていません……。本当に行くなら、一旦家に帰らなきゃ……。先生は先に行って始めててください。……でも面倒くさいから、よかったら私のアパートに寄って一緒に乗っけてってください。場所もいまいちよく分からないから」

　こんな話をしていれば、職場の誰かに聞かれやしないかと内心ヒヤヒヤしながら、僕は早くこの話を終わらせたくて二つ返事で了解した。

　職場から彼女のアパート経由で、国道を南下して練習場に向かった。

「へぇー。さすが外車はいいですね。新車で買ったんですか？　私、これでも今まで結構高級車に乗っけてもらってるんですよ。前の職場の事務局長さんはクラウンでしょ。それから前の彼氏は医者だったからレクサスなんか乗ってて。でもワーゲンは初めてだなー」

　そんな無邪気な彼女の会話の中に「彼氏」という言葉が出てきて、僕はちょっとしたジェラシーを感じていた。

「彼氏いたんだー。レクサスねー。さすが医者は金持ちだね」

「でもその人、家がお医者さんの家で、もともとお金持ちみたいで……。友だちの紹介でつき合ったんですけど、私絶対に医者とだけは結婚する気はなかったので……。そしたら彼、だんだん大学での研究とかが忙しくなってきたみたいで、連絡してもつながらなかったりして、何かもう疎遠になってきたから私、電話で一方的に説教して振ってやったんです。そしたら彼氏、ハイ、ハイとしか言えなくて……。情けない！　あんな奴」

練習場での彼女は、ゴルフを覚えようと必死だった。

初心者に特有のクラブの握り方で、手元が定まらずクネクネとしたところや、力のない女性がアイアンの重みに戸惑っている様や、腰の重心が不安定で滑稽な仕草がとても可愛らしく思えた。

練習を終えて琴代に飯でもと誘ったが、やはり頑なに断られたため、国道を北上して彼女をアパートの前まで送り届けて別れた。

「今日はありがとうございました。また教えてもらえませんか？」

「一度きりじゃなかったっけ？」

僕は皮肉と期待を込めて尋ねた。

「ゴルフはいいんです。ただしゴルフだけですからねっ！」

彼女はフフンとからかうように笑った。

静香には、友だちと打ちっ放しに行ってくると嘘をついた。

家に着くと彼女は夕飯を食べずに待っていた。

「ずいぶん遅かったのね。慎也くんと行ったの？　いいなー、自分だけ」

僕らはもともと、職場で特にその日あったことなんかを話したりはしなかった。テレビを見ながら、いつも通り缶ビールを二人で分けながら夕飯を食べた。静香と琴代を比較するならば、〝静〟と〝動〟。

まだこの時点では、静香に対する罪悪感は持っていなかったのかもしれない。若い娘と秘密を共有するドキドキ感。

琴代の快活さと明るさに恋をしてしまっていたのかもしれない。


二回目にゴルフに行くまでは、さほど間もなかった。

しかし、その日は二人が勤める薬局が珍しく忙しく、定時を過ぎても職場の皆が残務処理をしていたため、何となく上がりづらい雰囲気があった。

その日は午後から携帯を白衣の胸ポケットに入れていた。

携帯のイルミネーションが青く点滅していた。開いてみると琴代からだった。

〈水端先生、先に上がっててください。もう上がれると思ったら、恩田先生が製剤をすっぽかして帰ってしまったらしいんです。誰もやろうとしないから、結局一番下っ端の私が

やるしかないんです。それやったら帰ります〉

案の定、行ってみると練習場はすでに仕事帰りのサラリーマンらで混み合い、前回使った端のレーンにも先客がおり、琴代もそこ以外で練習する勇気はないと言った。僕も彼女と同じ空間を共有するには端のレーンの方が都合がよかったから、仕方なく諦めることにした。

「あーあ、残念だなー。せっかく来たのに。悔しいから先生、今からどっか連れてってください」

「どっかって、今からどこに行くって？　もう時間も遅いから帰ったら？」

「どこでもいいんです。何か今日は疲れちゃって。職場のこともあって面白くないし……。あっ、そうだ。先生の地元に連れて行ってくださいよ。ねっ、そうしましょ。先生の地元って確か観光地でしたよね」

「あのねー。いくら観光地だからって、今のこの時間に行ったたってお店も閉まってるし、周りも真っ暗だよ。田舎の山奥なんだから、キツネとかタヌキとか、熊なんかも出るんだから。……っていうか。ゴルフ以外は一緒にやらない約束でしょ？」

「今日は特別、いいんです。さっ、細かいこと言ってると気が変わるかもしれないんだから。行くの、行かないの？」

国道から僕の住む町までは、峠を越えて三十分ほど車で行かなければならない。

街灯が、数十メートル置きに頼りなくついている道を、琴代とたわいもない話をしながら進んだ。

その日は静香が夜勤で家にはいない日だったから、帰ってから変な言い訳をする必要もなく、気が楽だった。

「私の友だち、職場の上司と不倫してたんです。その上司にはもちろん、奥さんも子供もいたらしいですけどね。最初は友だちも不倫してることが楽しかったみたいですけど、でもどうせ自分のものにはならないって割り切っていたみたいで……。結局、彼の方がそれ以上を望まなかったから、彼女の方から振ってやって、今はもう終わったみたいですけどね。

彼女、今までまともな恋愛したことないんじゃないかなぁ。学生の頃、そのときつき合ってた彼の子を妊娠したんですけど、親に話したら、まだ学生だからって絶対反対されて、泣く泣く堕ろしたんです。今思えば反対されても押し切って産んどけばよかったなーって、今になって後悔してるみたいです。ほら、よく言うじゃないですか。中絶しちゃうと、その後欲しくてもなかなかできなくなるって」

僕は〝不倫〟と〝中絶〟という単語が軽々しく彼女の口から発せられたことに、無意識に反応していた。

「不倫する奴なんてバカだよ。しかも上司の人、子供もいたんだろ？」

「でも男の人は皆一回くらいは不倫してるっていうじゃないですか。水端先生は浮気したことないんですか？」

琴代はからかうように聞いてきた。

「一緒にしないでくれ。俺はこれまで一度だってそんなことしたことないぜ。世の男女は好きになって、愛し合って結婚して、子供つくって。……なのに、いやになったからって簡単に別れたりするじゃない？　そんなのおかしいよ、絶対。好きで一緒になったんなら、最後まで添い遂げろってんだよ！」

僕は正義のこぶしを突き上げてみたはいいが、今のこの状況はどうなのかと自問しては、心の中で都合のよい理由を探している自分に気づいていた。

「正直、私も興味はあるんです。人生で一回くらいは不倫を経験してもいいかなぁーなんて……。ねぇ、先生の奥さんてどんな方なんですか？　髪は長いんですか？　染めてますか？　あと、つき合ってどのくらいで結婚したんですか？」

「どんなって、普通の人だよ。そうだなー、つき合って一年くらいだったかな」

僕は琴代の質問攻めにつられて、聞かれてもいない僕たち夫婦のことや、子供は欲しかったけどできなかったことなど、少し重たい話までしゃべってしまった。

琴代は興味があるのか無いのか分からなかったが、適当に相づちをうって聞いていた。

僕は車を走らせながら、もしかしたら行っていたかもしれないアジサイ園に、せめて近くまででも彼女を連れて行こうと考えていた。

「ねぇ、先生。ちゃんと先生の地元に向かってます？　私が知らないからって、はぐらかさないでくださいよ」

「大丈夫だよ、もうすぐ着くから。そこを曲がれば家の方向だから」

僕はちょっとしたサプライズを仕かけたつもりだった。

「えっ、暗くてよく見えなかったんですけど、今〝アジサイ園〟って看板が見えたんですけど……。もしかして、アジサイ園に向かってます？　えっ、やだぁー、変態」

彼女はうれしそうに叫んだ。

車はどんどん坂を上り続けて、明らかに街灯も無くなってしまった山中に着いた。

「ここがアジサイ園の入口だよ」

車のヘッドライトを、入口を照らすように点けたまま車を降りた。

「一緒に来たかったのになぁ。……なんて、冗談だけどね」

僕は彼女を試すように、空中に言葉を放った。

「わぁー、暗くて何も見えない」

彼女はバリケードを張られた入口で、身を乗り出すようにして、暗闇の向こうに咲いているはずのアジサイの花を想像しているように見えた。

「なんか真っ暗で怖い。ねぇ先生、襲わないでくださいよ。襲ったら訴えますから」

「ははは。襲う気があったらとっくに抱きついてるだろ」

「そうですよね。ふふっ」

僕らは再び車に乗り込んだ。

まもなく車は、僕の地元の景勝地の駐車場に着いた。

観光地とはいえ、時間外ではただの田舎の山の中だった。

僕は街灯の下にあるベンチに彼女を誘導して腰かけた。

川縁にあるそのベンチは、七月も後半だというのに明け切らない梅雨のせいで少し湿っぽくひんやりとしていた。

この時間では対岸に見える寺院の巨大な門も閉じられ、中をのぞくこともできそうになかった。ゴルフの練習前、腹ごしらえに買っておいたサンドイッチを取り出し、彼女にさし出したが、お腹がすいていないからと断られたため、少しやけになって、自分の口の中にそれを放り込むようにむしゃむしゃと食べ始めた。

食べながら僕は、この辺の地理や自分が地元にいた幼少の頃のことなどを彼女に話して聞かせた。

彼女がその話に興味があるのかないのかは分からなかったが、薄く照らし出される街灯の下、一方的に話をした。

「ねぇ、一つ食べない？ 俺、もうお腹いっぱいになってきた」

彼女は遠慮していたが、押し売りされた形で渋々一つを食べ始めた。

「すみませんでした。なんか、無理言ってつき合ってもらっちゃって。奥さん、今頃心配してませんかね？」

「ああ。今日は嫁さん夜勤だから、別にいいんだよ。それより、少し寒くない？　そろそろ帰ろうか」

「はい」

その後何か言いたげに見えたが、彼女はこくりと頭を下げてうなずいた。その姿は、普段は見られない一面だった。


帰路は僕の往きの通勤経路を走った。

その道は一応国道だったが、冬場には路面が凍結するような難所だった。

「へぇー。この道を毎日通ってるんですね。なんかうねうねして、長い坂がずっと続いていて大変ですね」

僕の地元と彼女の住む街とは、峠の頂上を境に分かれていた。

その峠を下り始めた辺りで、彼女が大きな声を出した。

「きゃっ。先生、ちょっとどこかで停めてもらえませんか。今携帯を見たら、辻本補佐から私の携帯に着信があったみたいなんです」

職場のその補佐はもう定年間近だが、これまで独身を貫いてきた女性で、いわゆるお局様だった。その補佐は、とりわけ女性には厳しいという評判が立っていた人だった。

峠を下りきった辺りに、毎年極寒の二月に、ふんどしを巻いた男奴が、厄除けの護符を奪い合う裸祭りを行う有名な寺院があり、そこの駐車場に停めることにした。今でこそその祭りは全国的に有名になったが、もともとは秘祭であって、夫婦に子供のいない男性が生贄の娘をレイプして種つけしたのが起源なのだと、以前人から聞いた話を思い出した。

「どうしよう、先生。私、なんかやらかしちゃったかな。留守電が入ってるんですけど、聞くのが怖くて……。先生、私の代わりに聞いてもらえませんか？」

助手席から身を乗り出して自分の携帯をさし出し、上目遣いで僕の方を見るその瞳は、少し潤んでいるようで、彼女は本気で困惑している様子だった。

しかし、僕はこともあろうにその彼女に吸い込まれそうになっていた。

――普段は強気なこの娘が、電話一本でこんなにも不安になるのか。それとも、意図的に俺を誘っている？　まさか、気のせいだ――

僕は必死で冷静を装い、彼女を諭して代わりに留守電を聞いてあげた。

〈牧村さん、今日はご苦労様でした。色々と大変だったけど、皆でやりとげたわね。疲れ

たでしょうから、今夜はゆっくり休んでね。それじゃあ、また明日〉

「ははははっ。大丈夫だよ、聴いてみな。しかし、あの辻元補佐もいいとこあるじゃん」

琴代は恐る恐る携帯を耳に近づけて、一点を見つめたまま留守電を聴き始めた。

「なーんだ。ふぅ……。でも、よかったぁ。もう、こんなことで電話してこないでよっ、まったく」

彼女と僕は全く意表を突かれ、二人で笑いあった。

僕らは今日一日の出来事の余韻に浸りながら、彼女のアパートまで静かに走った。

「今日は本当にありがとうございました。じゃあ、おやすみなさい」

「ねえ、あのさー。一度でいいから、俺とデートしてくれない？　最初で最後。それっきり終わり」

「えっ。何言ってるんですか、先生」

琴代は少し考え込むようにして答えた。

「んー。いいですよ。一度きりですよ。それで、どこに連れて行ってくれるんですか？」

「内緒。行ってからのお楽しみさ」

僕は秋田市にある城跡公園が好きだった。琴代を車に乗せ、東北自動車道から秋田道に分岐し、片側一車線の単調な山間の道を走った。紅葉が始まったばかりの道端には、西日に照らされたススキが黄金色に輝いていた。公園に着くと、部活帰りの半袖姿の高校生たちが城のお堀で楽しそうに涼んでいた。城跡の登り口には派手なビーチパラソルを立て、頬被りに長袖のいでたちで、リヤカーの奥に控えめに座る老婆の姿が見えた。

「ババヘラアイスだって、ふふっ。面白い名前だね。先生、一つ食べてみようよ」

老婆は言葉少なげに、円筒状の保冷缶の蓋を開け、金属のヘラで昔ながらの細めのコーンにアイスを素早く盛った。

「わぁ、きれい。二色のバラの花みたい。食べるのもったいないないな」

琴代は礼を言ってアイスを受け取り、淡黄色と桃色の二色のラクトアイスを珍しそうに眺めていた。近くのベンチに腰かけ、アイスをほおばる琴代の隣で、僕は静香と何度もこの場所を訪れたことを思い出していた。

「わぁ、先生あれ何ですか？　蜂の巣のお化けみたいで、なんか気持ち悪い」

堀に目をやると、花托と呼ばれる蓮の種子体が、花も葉も全て燃え尽きて、それだけが生き残ってしまったように、あちこちでそのグロテスクな真っ黒い首《こうべ》を垂らしていた。僕の頭の中にふと、堀一面が満開の蓮の花で埋め尽くされた美しい光景がよみがえってきた。それは今より少し季節の早い、静香と訪れた夏の終わりだった。

花はいずれ朽ちても、その後実を結び、そして子孫を残していく。

花と実と、静香と琴代。

いつしか辺りは暗くなり、水面に映っていた花托の影も、一緒に溶け込んでしまったように見えなくなっていた。

それから、僕らは次第に人目をしのんで色んな場所に出かけるようになっていった。琴代は意外にも、どこか行きたい場所を言う娘ではなかったため、僕がこれまで行ったことのある場所に彼女を連れて行った。それは結局、以前に静香とともに訪れたところばかりだった。まるで静香との思い出を上書きするような小さな旅だった。

初めの頃は、デートが終わり車で琴代をアパートまで送り届けても、琴代の部屋に上がることはなかったが、あるとき琴代が風邪を引いて仕事を早退し、飲み物や食料を届けたことがきっかけで部屋に入るようになっていた。

次第にデートも日帰りだったのが、一泊となり、二泊となり、静香には職場の飲み会や出張だと言った。自分なりに矛盾のない嘘を考えては、静香にもっともらしく話した。

静香は僕の浮気を疑うそぶりを見せなかったから、僕はずるずると調子に乗っていたのかもしれない。

僕は琴代との関係を、一度だけ親友の稲垣慎也に話したことがあった。その友人の前で〝不倫〟という言葉の持つ意味を軽率に使ったとき、普段寡黙な彼が強い口調で言った。

「俺はお前に、友人として最後に一つだけ言っておく。今のままの関係を続けることは奥さんに対して失礼だろっ！　どうしろとは言わないが、自分でちゃんと考えろよ」

しかし琴代との関係が密になればなるほど、僕らは愛欲に溺れるようになっていった。

仕事帰りは毎晩琴代のアパートに寄り、彼女の手料理を食べ、そして濃厚に交わった。

ことが終わり彼女のアパートから帰る間際になると、帰らないで欲しいと彼女はいつも泣きわめくようになっていた。

僕らは抜け出すことのできない底無し沼に足をとられてしまったようだった。

彼女の妊娠が発覚したのは、彼女がもうすぐ入局一年目を迎えようとする三月の終わりだった。

三．表裏

五月連休のマンション巡りから戻ってから、静香はインターネットの看護師就職支援サイトで新たな仕事を探し始めた。希望条件は今度住むことになるマンションから通勤圏内で、できれば夜勤が無いか、または少ない勤務形態で、給与ができるだけいい病院か老健施設としたようだった。

「ようちゃん、あたし八月のお義父さんの初盆が終わったら、東京に採用面接を受けに行ってそのまま九月から働くから」

「えっ、引っ越しは三月でしょ？」

「三月じゃ遅いの。早めに行って、東京の生活と新しい職場にも慣れなきゃなんないし。だって、あたしこれからは何でも一人でやんなきゃならないんだよ」

　親父が病気で死んで、今は僕らと僕のお袋の三人暮らしだった。

　二人で相談して、静香が東京に旅立つ直前まではお袋に心配かけないように、ことの顛末を打ち明けないで暮らそうと決めた。

「でもきっと喜ぶと思うよ。だって、喉から手が出るほど欲しかった孫が手に入るんだもの。それから、いずれ親戚たちにも知れていったって、絶対にようちゃんの味方するって。みんな、よかった、よかったって言うはずだよ。だから、ようちゃんは大事な彼女とこれから生まれてくる子供の心配でもしてればいいでしょ」

ぷいっと背を向けた静香は、鼻をすすっているようだった。

「でも……本当は別れたくなんかないんだからね。ようちゃんとこれからもずっと一緒に暮らしたかったんだから……。あーあっ、盛岡のアパートで、二人で暮らしてた頃が一番幸せだったなー」


琴代の妊娠が発覚したのは、三月末の僕の当直の晩だった。

最初は、琴代は喉の痛みと寒気を訴えたため、近くの開業医を受診した。そのときは軽い風邪の診断を受け、五日分の抗生物質を処方されたが、症状が治まらなかったため、さすがにおかしいと思ったらしい。

メールを開いてみると琴代からだった。

〈お疲れさまです。今日、妊娠検査キットで陽性反応が出ました。もう薬局の皆さんは帰りましたか？　これからそちらに行きます〉

三十分後、車でやってきた琴代を、薬局の裏口の倉庫入口からこっそり入れた。現れた琴代は僕の隣の席に腰かけ、顔を強張らせながらも、必死に笑顔を作ろうとしているようだった。

琴代は検査キットを取り出し、僕に見せた。その小窓にはっきりと黒い縦の線が浮き出ていた。

「先生、どうしよう？　堕ろした方がいいですか？」

「ちょっと待ってくれ。検査キットはあくまでも簡易的なものだから、明日にでも産婦人科を受診してみてくれないかな」

僕は頭の先から次第に血の気が引いていくのが分かった。

「んじゃあ、もし妊娠が確定したらどうしますか？　そのときすぐにでも中絶してくればいいですか？」

琴代ははっきりしない僕の態度にイライラしている様子だった。

「先生、子供が欲しかったんじゃないんですか？　私は正直、堕ろしたくなんかありませんよ。一度中絶するとその後できにくくなるっていうし、自分の身体を傷つけたくもないですし」

「もちろん産んで欲しいよ。でも、あまりに急な話で、自分でも気持ちの整理ができていないんだ」

「んじゃあ、産んでさし上げましょうか？　子供ができないお二人のために。それでいいんでしょう？」

僕はこのとき、琴代がどういうつもりで言ったのか分からなかった。僕は悪い夢でも見ている気がして、その夢が早く覚めてくれることを望んでいた気がする。どうしても冷静な判断をする自信はなかった。

翌日、職場に休暇をとった琴代は、一人で車を運転して隣町の産婦人科を受診した。妊娠二ヶ月の診断だった。

琴代は月が変わった四月一日に、琴代の両親に電話をして報告すると言った。よりによってエイプリルフールに予想外の事実を伝えたため、最初は冗談だろうと疑っていた琴代の母親も、真実と分かった後は電話口で泣き出したらしい。

僕が静香にことの顛末を伝えたのも同じ日だった。


ここ最近の二人の関係はマンネリ化していた。いつからこうなったのだろうか。静香はこれまで、僕の浮気の事実を知らなかったと言っていたが、それ以前に、どこか二人の歯車がすでに狂い始めていたのかもしれない。

この日、僕は静香を海に誘った。しかし、誘ってはみたが、冷え込んでしまった関係はすでに修復不可能にみえた。

母親の実家のある隣県、宮城の青島には子供の頃からよく来ていたから、静香と結婚するときも、婚前旅行のつもりで親戚の家を訪ね、彼女を皆に紹介した。

観光地でもあったその島は、半島から橋が架かっていないため、遊覧船を兼ねた連絡船に乗り、三十分弱で着く距離だが、ヒトも動植物も〝外来種〟に荒らされることもなく、まるで映画の撮影スポットにでもなりそうな、美しいのどかな自然の景観がいまだに残されていた。

結婚後も毎年二人で訪れ、夏は海水浴や釣りにバーベキューと様々楽しんだ。結婚当初、子供はまだかと急かされたが、流産だのを経験してからは、親戚もその話題を出さなくなった。そのことで逆に、僕らは肩身の狭い思いをしてきたのも事実だった。

お互いに無口なまま、見慣れた海沿いの散策コースを、微妙な距離を保ったまま歩きながら、僕はどう話を切り出していいか悩んでいた。

「ねぇ……。今まで色々あったけど、でも楽しかったよね……。いっぱい色んなとこ行ったね」

僕は穏やかに、ゆっくりとした口調で話しかけた。

「うん……」

静香は一瞬、意表を突かれたような顔をしていたが、こくりと頭を動かした。

僕は静香に近づき、ためらいがちに彼女の手を取り、再び歩き出した。

「こうやって、いつも手をつないで歩いてたよね」

強張っていた静香の顔が、少しふわっと和らいだように見えた。

「そうだよ、ようちゃんがいつからか手をつないでくれなくなったんだよ」

つないだ手はいつしか次第に振りが大きくなり、それにつられて歩幅も大きくなった。

二人はわざと手をブンブン振りながら大股でバタバタと歩き、しまいには制御が利かなくなって道端で止まって笑い合った。

親戚の家に戻ると、叔母が待ち構えていたように言ってきた。

「ようちゃん、しずちゃん、今から私のお茶の先生に紹介するわ。簡単なお茶の作法を教えてあげる。知ってて絶対に損はないから」

「えっ……。お茶なんて全く作法とか知りませんよ」

正直、お茶の師範だと聞いて二人とも緊張していた。

「大丈夫よ。全然、厳しくなんかないから。少しくらい間違っても、気にしなくていいのよ」

準備があるからと、先に向かった叔母に手渡された簡単な手書きの地図を頼りに、僕らはキョロキョロと左右を見渡しながら心もとなく歩いた。

周囲二十数キロの島は、本土からは東に位置するためか、同じ東北でも気候が温暖で、ゆずなどの柑橘類も栽培されていた。

主要道は整備されていたが、民家に続く私道などはただ砂利を敷いただけで、人が通れるだけの細い道幅だった。

周りには島の複雑な丘陵地を利用して作られた田んぼや畑が見渡せ、そのさらに向こうには、海がまるで目の高さよりも上にあるかのように見えた。

家々を囲う生垣には、植えられてから何年経ったのか分からないほどの、大人の背丈を優に超える椿の木がそびえ立ち、常緑樹であるため、いつ訪れても深い緑色の多肉の葉が、その生命力を誇示しているようだった。

「ごめんくださーい。すみませーん」

門には墨で〝旦暮庵〟と書かれた木札が掛かっていた。何度か呼んでいると、玄関口に先に来ていた叔母が、和装のいでたちでうやうやしく現れた。

「よくいらっしゃいましたね。さっ、どうぞ中へお入りください」

表玄関の脇には小さな庭があり、松などの植栽が見事に手入れされていた。風情のある庭に見入っていると、叔母が簡単に説明してくれた。

「正式には、お客様にはその踏み石を伝って歩いて茶室の入口から入っていただくのだけど、今日は省略しますね。でも、石の一つ一つにも全て意味があるのよ。さあ、どうぞお上がりください」

中へ入ると、八畳ほどの部屋の真ん中に囲炉裏が備えられ、吹き抜けの天井の中空に張られ、燻されて黒光りした太い梁からは、鉄の鎖につながれた鍋が真下に垂れ下がっていた。

「それ、自在鉤っていうのよ。鉤の位置で鍋を上下して火力を調節するのよ。昔の人はほんと賢いわよね。まあ、これも先生の道楽の一つなのよ。ふふふっ」

部屋には珍しい骨董品などが並べてあった。

「先生はとても多趣味な方でね、元は市内で学校の教師をしてらしたんだけど、退職してからはここでお茶にお花に、それから書なんかもなさってるの。本当は私の秘密の場所だったんだけど、あなたたちに特別教えるわ。実は私もこっちに嫁いできて、若いときにお姑さんと何かあって、とっても耐えられないときには先生に鍵をお借りして、よくここに来て一人で泣いてたものよ。でも、ようちゃんのお母さんとか、みんなには内緒よ」

縁側の廊下からは先ほどの敷石と庭が見渡せ、また違った趣きを呈していた。

「ここからは一番庭木が美しく見えるように植えられてるの。植木にも表と裏があって、正面のこの場所からは植木は表の面を向けられて、枝ぶりの角度とか木々同士の間隔とかが絶妙に計算されてるのよ。これぞ日本庭園って感じでしょ」

廊下を進んでいくと、庭からさし込む光も次第に届かなくなり、薄暗くなっていった。

「はい、ここが茶室の入口です。入口が低くなってるから、あなたたち二人は身長があるから特に頭に気をつけて入ってください」

屈んで入る叔母の後に続いて茶室に入った。

「失礼します。お二人をお連れしました」

中に入ると、六畳ほどの和室に小柄で白髪の老婆が、薄い藤色の着物を着て横向きに正座していた。

老婆は僕たちが入ると、こちらに向き直って畳に手をついて会釈した。

「ようこそ、いらっしゃいました。先生はもうすぐいらっしゃいますから、もう少々お待ちください」

眼鏡をかけたその老婆は、ふくよかな顔に笑みをたたえていたが、僕たちが座ると再び向き直り、手際よくお茶をたて始めた。茶室の床の間には、禅か何かの書の掛け軸と生け花が、決して華美ではないがこの部屋を引き立てているように見えた。

「こちらは、先生の助手の方。私もこの方も先生とのおつき合いがもう長いのよ。今やられている作法は、風炉《ふうろ》という火鉢の上で釜にお湯を沸かして、柄杓《ひしゃく》でそのお湯を茶碗に入れて、抹茶を、竹でできた茶筅《ちゃせん》というものであわ立てているところよ。あっ、先生いらっしゃったようだわ」

　茶室をくぐって入ってきたのは、紺色の着物に薄茶の被布を羽織った、初老の男性だった。

「こんにちは。ようこそいらっしゃいました。今日は何も緊張することはないから、どうぞ楽しんでいってください。茶道というのは、確かに作法が一から百まで事細かく決められていますが、それを頭で考えてはだめで、むしろ間違ったり、一つや二つ作法を飛ばしたとしても、無心でやれば流れも淀むことなく自然にできるものです。まぁ、それには何度も何度も同じことを繰り返して、体に染み込ませることが必要ですがね」

　先ほどよりたててくれていた老婆が、お茶と菓子を目の前にさし出してきた。

　僕らは見よう見まねでお茶と菓子をいただいた後、お茶のたて方と客人のもてなし方などを一通り教わった。

「ではせっかくですから、お互い、お二人でお茶をたてあっておもてなししてみましょうか」

　静香と僕は畳の縁をはさんで向き合って座った。向かい側の静香は背筋を伸ばし凛として座っていた。茶器から抹茶をすくい茶碗に入れ、釜から湯を汲んで注いだ。

重大なことを告げに来たはずなのに、僕は今ここで何をしているのか、これから先どうなっていくのか、混沌とした意識の中、無心になれと言われた言葉を思い出し、シャカシャカと茶碗の底を擦った。

できあがったお茶の碗の正面を、静香に向けてさし出した。

「お点前ちょうだいいたします」

静香は手をついて挨拶し、作法通り、器を左手のひらの上で時計回りに回転させて器の正面をよけ、口元に運んだ。物覚えのいい静香は、習ったばかりの作法を順にこなしていた。

三口半で飲み干した静香は茶碗の飲み口を指先で清め、先ほどとは逆に回して器の正面に戻して置いた。

僕は、どうして今日このタイミングで茶の湯の手習いに至ったのかをずっと考えていた。仲がよかったはずの僕らの異変を察知して、世話好きの叔母が仕組んだことなのか、それとも全くの偶然なのか。

しかし僕にとっては、今後別々の道を歩むことになるだろう静香と、まるで最後のけじめのしるしを交わしているかのような感覚だった。

お世話になった茶の湯の先生と叔母たちにお礼を言って別れ、結局重たい話を積みこんだまま、再び連絡船に乗り、島を後にした。

船の甲板に出てみると、観光客らが撒いている餌を目当てに、何羽ものウミネコが船と並走するように低く飛んでいた。静香を初めてこの島に連れてきたとき、えびせんの袋を抱えて楽しそうに餌づけしている姿を思い出した。四月の海風はまだ肌寒く感じられ、だんだん遠のいてゆく島の明かりが寂しげに霞んでいった。

帰りの車の中は何を話したか、はっきりとは覚えていない。ただ、〝そのこと〟につながる話の切り口を探って、例え話のような漠然とした話を続けた。

これまで僕たち二人に子供が授からなかったのは不公平であり、とても残念で悔しいことであったこと。一方で、子供を授かっても簡単に堕ろしたり、産まれても育てられずに捨てたり、しまいには虐待して殺してしまったりする若い親たちがいることなどは決して許せないこと。

また、世の中で子供のいない夫婦は二人の生活を楽しんだり、養子をもらって育てたりする選択肢もあること。そして歴史上の人物を持ち出し、正室に子供が産まれず側室に産まれた場合でも、正室の地位は不動であり、そして側室の子を嫡子として育てたこと。しかし、現代は一夫多妻制ではないためそれができないこと。また、母子家庭、父子家庭の子供は法制上不利であること。

静香は相づちを打ち、助手席で静かに聞いていた。

結局、例え話が例え話のまま煮詰まらずに、地元の城跡公園の高台に着いた。

かつて栄華を誇った製鉄所の、さびれた明かりが眼下に見えていた。

僕はもう意を決して全てを打ち明け始めた。

「ねぇ、しず。俺、しずに黙っていたことがある」

「……うん」

一瞬で車内の空気が変わった。

「さっき、例え話とかいっぱいしたよね……。正室に子供ができなくて、側室に産まれた話とか……」

「えっ。まさか、ようちゃん自分のこと?」

「……うん」

静香は下を向いたまま、歯ぎしりをして小刻みに震えていた。

「ようちゃんのこと、ずっと信じていたんだからね」

「本当にすまない……。ごめん……。もう、何と言っていいか……。取り返しのつかないことをしてしまった」

僕は静香の顔をまともに見ることができず、ただ運転席でハンドルすれすれまで首を垂れることしかできなかった。

「あの娘でしょ」

「えっ?」

「職場の飲み会の写真で一緒に写ってた……」

「……うん」

「なんかいやな予感がしたのよね。最近、急に仕事が忙しくなったとかで帰りも遅いし、休みの日でも出張とか言って居ないし……。そっか、全部、全部あの娘と一緒にいたんだ……。私が体調悪くて寝てるときも……。何かようちゃんに相談したいことがあったときも……。いっつも、ようちゃんはいなかったよね。……ふぅ……」

静香は深く長い深呼吸をして言った。

「うん。よかったじゃない。これでよかったんだよ。水端家の跡取りができるんだもの。

……でも、捨てるんならもう少し私が若かったときにして欲しかったよ。私もう四十になるんだよ。これから誰か見つけろったって、もうこの歳じゃどこも貰い手なんかないんだからね。……いいよ。あたし、あの家出ていくから。ようちゃんはその娘と一緒になって、生まれて来る子のお父さんになればいいよ」

「ちょっと待ってくれ。別れるとか、そういうことじゃなくて……」

「んじゃあ、何なの？　子供までつくっておいて。これから父親になるんだから、責任とってしっかりやんなさい！」

静香は何かに吹っ切れたように言い放った。

「ようちゃん。私、東京に住みたい」

四. 反芻

琴代と僕は、新年度になっても職場には事実を伏せたまま通常通り勤務を続けた。

しかし、そうしているうちにもお腹の子供は順調に大きくなっているらしく、悪阻《つわり》の症状も出て来るようになった。

四月も半ば過ぎ、琴代の部屋を訪ねると、トイレから出てきた琴代は強張った顔で言った。

「ねぇ、先生。今トイレで流そうと思ったら、血が出てたみたいなんだけど……。痔にでもなったかな？　それとも……まさか、ねぇ」

僕は当直明けだったため、その日は帰ろうと思っていたが、急きょ琴代を車に乗せ産婦人科医院に向かった。こんなとき、スピードを出したいのに出せないもどかしさの中、高速道路に乗り、三十分ほどで病院に着いた。

診断は切迫流産だった。

「お腹の子は？」

「大丈夫だって。医者ができるだけ安静にしてろって。どうしよう……。とりあえず、次の診察の来週までは家で寝てなさいって言われたよ。トイレと食事のときの三十分以内だけなら起きて歩いていいってさ。夜勤なんてもってのほかだって言われたよ。あーあ、辻元補佐にだけは言いたくなかったのになぁー」

病院の帰り、当面必要なものや、簡単に食べられるようなインスタント食品などをスーパーで買いあさり、お昼を食べていなかった僕らは、アパートに着いてから買ってきた海苔巻きを食べた。

今後の予定を漠然とも定めることもないまま、そのときは産むか堕ろすかの話題をお互いに避けていた。

結局、その日は琴代に帰っていいと言われた言葉に甘え、彼女を部屋に一人置いて、僕は家に帰ることにした。

琴代はその日起こったことを実家の母親に電話で伝えたところ、わざわざ盛岡から来て琴代の身の回りのことをしてくれることになったとメールが入っていた。

本来僕が正式な連れならば、一緒に住んで彼女の手足になってあげられるのだが、この事情では何もすることができなかった。

「牧村さんが、切迫流産でしばらくお休みすることになりました。お相手がどなたとか、結婚のご予定とか詳しくは聞いていませんが、牧村さんが不在の間、皆さんでフォローよろしくお願いしますね」

次の日の朝、職場でのミーティングで辻元補佐から琴代のことが話された。一瞬、皆信じられないといった驚きでざわめき立った。

当事者である僕は、自分のことであるはずなのに、周りに同調することもなく必死に冷静を装った。

その日の仕事は、調剤などのミスだけは最低限避けるように努めるのが精一杯だった。頭の中は完全に静香と琴代、そして生まれてくる子供のことが隙間なく支配していた。

——どうすればいいのか——

——どうすべきなのか——

——何が正しいのか——

今までのことを思い返しながら、葛藤を続けた。

——子供が喉から手が出るほど欲しかったこと。つらい不妊治療を続けたこと。静香との倦怠期を迎えたこと。琴代と出会い、関係を持ったこと。琴代が妊娠したこと。静香をだましていたこと——

子供が大きくなっている以上、何らかの結論を出さねばならない。どれも正解のない複雑な組み合わせの選択肢が浮かんでは消えた。

——静香と別れ、琴代と一緒に子供を育てていくこと。子供を堕ろして琴代に慰謝料を払うこと——

どちらも、彼女たちどちらかが泣きを見ることになり、精神的な負担をかけるものだった。そして僕は何の罰も戒めも受けることのないものだった。

――琴代とは別れ、できることならまた静香とやり直すこと。そして子供は琴代一人で産み育ててもらい、養育費を払い、必要なら認知もすること。僕は欲しかった子供を諦め静香とやり直す。琴代は僕と別れて子供を育てる――

静香は……。

静香は結局どっちにしろ、だまされて傷つけられただけ。

しかし、僕はこの選択肢が三人にとってフェアになると勝手に思い込んだ。いや、無理やり思うようにしたというのが正しいのかもしれない。そのとき、頭から肩にかけて重石を乗せられていたかのような感覚が少しだけ軽くなったような気がした。

悪阻があっても琴代は幸いに食欲があり、炊きたてでなければ米だけは食べられるようだった。琴代の母親は、何十キロも離れた盛岡から高速道で週に数回通い、数日分のおにぎりを握り冷凍庫に保管していった。

仕事帰りに部屋を訪ねると、琴代は電気もつけずにベッドに横になっていた。枕元には乾いて硬くなった食べかけのおにぎりの欠片が、ラップに包まれて置いてあった。

「ねぇ、先生」

パジャマ姿のまま、ゆっくり起き上がって琴代は言った。

「うちの母が先生にお会いしたいって。でも、緊張とか全然しなくていいんで……。別にうちの母、今回の件はもう仕方ないって言ってますし……。孫が産まれたらばあちゃんになるからって、なんか張り切ってるみたいです。変でしょ？　うちの母親。……でも、四月一日に電話したときは、よりによってエイプリルフールの日だったから、最初は全然相手にしてもらえなかったんですけどね……。でも、真実だって分かってからはさすがに電話でも修羅場でしたよ……。それからのひと月は実家の父と二人でかなり落ち込んで、身体もげっそり痩せちゃったみたいですけどね……。先生、今度の休みにでも会ってもらえませんか？」


その夜、家に帰った僕は静香にこのことを相談すべきかどうかを迷っていた。

「なぁ、しず」

「また、あいつんとこ寄ってきたの？」

部屋で一人、パソコンで何かを検索していた静香が振り向いた。

「うん……」

「いいよね。夢も希望もある人たちは。どうぞお幸せに」

「今度、向こうの母親と会うことにしたんだけど……」

「えっ……。だめ……。行っちゃだめ。行ったらようちゃん、その娘の母親にいいように説得されるだけだよ。だったら、あたしも行く」

「いい。今回は俺一人で行って話してくる。別の機会設けてもらって、今度は四人で話をしよう」

「行っちゃだめだよ」

静香は泣きじゃくって、必死に何かを訴えているようだった。

その夜遅く、静香は自らの手首に傷をつけた。

寝た気配の無い静香の様子を見に部屋に行ってみると、ガタガタと小刻みに震える静香の背中が見えた。左手首を押さえた右手の指間からは血が滲んでいた。

「しず！　おい、しず」

両肩をつかんで揺すっても、歯をくいしばったまま、静香の上体は次第に大きく上下に揺れ出した。過呼吸が始まった。僕はすかさず束ねてあったビニール袋の口を開き、静香の口を塞いだ。

「何やってんだよ！　お前、看護師だろ。看護師が自分で傷つけてどうすんだよ！」

僕は自分で話していることが今適切ではないことが分かっていたが、静香を早く冷静にさせるしか方法が無かった。

幸いにも手首の傷は浅く、過呼吸も治まったため、僕はコップ一杯の水を静香に飲ませ傷の手当てをした。静香は放心状態になっていた。

その夜、僕は静香を大切に、大切に抱いた。


琴代の母親に会ったのは、四月も終わる頃だった。

玄関のチャイムを押すと「はい」という琴代と、もう一人年配の女性の声が聞こえた。

「いらっしゃい」

ドアを開けると、はにかんで立っている琴代とその背後に母親の姿が見えた。

「水端です。この度は……」

「初めまして。琴代の母です。まあ、中でお話ししましょう。さっ、中へ入って」

見慣れた部屋なのにまるで別の部屋にいるようで、どこに座っていいかためらった。

「水端さん。まずはあなたにお礼を言わせてください。娘が職場でも大変お世話になっているそうで、本当にありがとうございます。琴代は一人娘で世間知らずですから、歳の離れたあなたのことをとても頼りにしているようです」

母親はフローリングの上に敷いている絨毯を避けて板間の上に正座し、丁寧に頭を下げた。

「それから……。昨年お父様がご病気でお亡くなりになったそうですね。本当にご愁傷様です。お母様が病院で長いこと看病なさってたんですってね。大変苦労なさったのですね」

僕は、想像していた展開から大きく逸れて、面食らっていた。

「しかし、あなたたちがやったことは決して許されることではありませんよ。あなたの奥様やお母様はこのことをもうご存知なのですか？」

「はい。妻にはもう話しましたが、母にはまだ……」

「我が家では主人と二人、この話を聞いて、あまりのことにこの一ヶ月はまるで地獄のようでしたよ。うちのお父さんも数年来難病を患っていて、このショックで本当に逝ってしまうんじゃないかと思いましたよ」

琴代の母親は目に涙を浮かべ、僕を強いまなざしで直視したまま話を続けた。

「でも、唯一の救いは琴代のお腹に新しい命が宿っていること。その子が元気に育ってくれていることなの……。琴代は死ぬ前にお父さんに孫を抱かせてあげたいなんて言ってくれてね……。それで私もお父さんも事情はどうあれ、生まれて来る子には罪は無いのだから、ちゃんと産ませてあげたいって思っているの」

切迫流産を経験し、安静を告げられている琴代は、ダイニングテーブルの椅子に腰かけ、僕に背を向け、足を投げ出したような格好で憮然と座っていた。

「すみませんね。こちらの話ばかりしてしまって。水端さんのお話をお伺いしていませんでしたね。ぜひ、率直なあなたの今のお気持ちを聞かせてください」

「はい……。この度はこのようなことになってしまい、何と言っていいか本当に……」

「水端さんは、琴代に子供を産んで欲しいと思っていますか？」

「はい。もちろんです……」

「琴代に聞いた話では、あなたと奥さんの関係はもう冷え込んでいらっしゃるようですよね？」

「はい……。結婚して十二年になるんですが、これまでやっぱり二人の子供が欲しくて様々な不妊治療をしてきたんですがだめで……。現在はもう二人とも諦めているというか……」

「あなたや奥さんのその気持ち、私もよーく分かるの。琴代の前にお兄ちゃんがいたんだけど、三つのときに病気で亡くしてね……。そのときにもう一生分泣いたから、この先何があっても多少のことじゃ驚かなくなったの。でもその子が亡くなってから、また子供が持ちたいと思ったんだけどなかなかできなくてね」

「昔一度だけ妻が妊娠したことがあったんですが、子供がお腹の中で育ってくれなくて、医者からは諦めろって言われて、泣く泣く堕ろしたんです。それでもやっぱり二人の子供が本当に欲しくて……。これまで妻には不妊治療で辛い思いをずっとさせて来ました。でも、様々な治療を試みたんですがどれもだめで、結局医者からは、二人の遺伝子を持つ子供を持つことは無理だと告げられました。そして、姉妹からの卵子提供を勧められました。でも、彼女は幼い頃に両親が離婚していて、母方の祖父母に育てられたんですが、母親はその後再婚してもう一人娘がいたので、その妹さんにお願いしてみたんですが、向こうの旦那さんに絶対にだめだって断られてしまって……。それからはもう二人とも治療はいつの間にか諦めるようになってしまって……。でも、悪いのは妻をだましていた私なんです」

僕は、ふと頬を伝う熱いものも感じたとき、嗚咽しながら話している自分に気づいた。

「彼女の祖父母も他界してしまって、彼女の家には今は誰も住んでいません。ですから、彼女には身寄りがないんです。そんな彼女を私は裏切ってしまったんです……。琴代さんのお腹に子供が宿ったことは本当にこの上ないことです。でも、私だけ子供を持ってこの先育てていっていいのか……。こんな自分が親になる資格は無いんじゃないかって思います」

「それは違うわよ、水端さん。あなたのお父様がお亡くなりになってまもなく琴代が妊娠したなんて、これはきっと偶然じゃなくて、きっとお腹の子はお父様の生まれ変わりかもしれないわ。天国のお父様もきっと喜んでいるはずですよ。ですから、これから子供が生まれてくることですし、気持ちも新たに琴代と子供と三人でやり直したらいいのではないですか？　あなたはこれから、まだまだいっぱい稼いで身を立てていかなければならないのですから。ねっ、琴代はどうなの？」

「私はこの人と一緒になれないんだったら、この子を堕ろします」

「また……、もう。ごめんなさいね、水端さん。琴代はこうやって何でも極端に言っちゃう娘だから」

「嘘じゃないよ。一人で産んで育てるなんて絶対いや！」

真っ直ぐ前を向いて座っていた琴代の横顔は憮然としていた。

「きっとあなたは優しい方だから、身寄りのない奥様のことが心配なのでしょう？ 奥様に子供が授からなかったことは残念なことだったと思います。でも、世の中には、たくさんの同じような人がいるんですよ。男のあなたは、これから仕事で大成していかなきゃならないのよ。そして子供と一緒に成長していけるのよ。だから、まだまだこれから頑張っていかないと。琴代と、生まれて来る子供と三人でね。なあに、今の方とお別れしても、もう二度と会わないってことじゃなくていいんだから。彼女が望むんだったら、近くにアパートなんか借りて住んでもらったっていいのよ。そしてたまに会って近況報告したり、子供だって連れて行って見せて抱かせてあげたらいいじゃない。世の中にはあまりないかもしれないけど、そんな新しいスタイルの生き方があったって全然いいんじゃないかって私は思うわ。ねっ、琴代もそれでいいわよね？」

琴代は何も言わなかった。

僕は琴代の母親に言われた一言で心が救われたような気がした。

これなら静香も納得してくれるかもしれないと思った。

「お義母さん、すみません。お願いがあります。妻と会っていただけませんか？　そして、私と妻と琴代さんと、お義母さんの四人でお話をさせていただけませんか？」

「ええ、もちろんですよ。お会いしましょう。奥様のお名前は何ておっしゃるの？」

「静香といいます」

「静香さんね、分かりました。近いうちにお会いしましょう。いいわよね、琴代さん？」

琴代は依然、黙ったまま座っていた。

その後はまるで関係のない世間話などをして、何をしにここに来たのか目的を忘れるほど自然に会話が弾み、いつしか琴代も話に加わり、笑い声まで上がるほどだった。どうせなら一緒に夕食をと誘われたが、家では静香が待っていると思い、丁重にお断りした。

僕は自分でも驚くほど清々しい気分でアパートを後にした。

「どうだったの？」

家に帰ると静香は少しムッとした表情で聞いてきた。

「うん。向こうの母親に会って話してきた」

「何を話してきたのよ」

「今度は四人で会おうってことになった」

「えっ……。また勝手に決めてきたの？　ようちゃんは、いっつもそうだよね。っていうか、まず向こうと話をさせてちょうだい」

「話って、二人きりで会うの？　何話すんだよ。まさか手なんか出さないよね？」

「さぁね。あいつもお腹の子もようちゃんもみんな殺して、私も死ぬ」

「おいおい。そんなんじゃ、会って話なんかさせられないよ」

「やるならもうとっくにやってるでしょ。あいつの気持ち確かめてくる」

「気持ちって……。んじゃあ、俺も一緒に行くよ。部屋の外で待ってるから」

「どうせ、向こうのことが心配なんでしょう？　ようちゃんの頭の中はもう向こうに完全に傾いてしまってるもんね。ふんっ。毎日、毎日遅くまであいつん家寄《ち》って来てさっ。私、もうようちゃんと一緒にいれる時間は限られてるんだからね。どうせ、相変わらずあいつとイチャイチャしてきてるんでしょう?」

「違うよ。切迫になってからは医者から絶対安静って言われてるから、飯も満足に食べてなくて……。だから、俺が何か簡単なものをこさえて、あいつがちゃんと食べるのを見届けてから帰ってくるんだよ」

「どうせ、一緒に食べてきてるんでしょう?」

「そりゃあ、一応味見っていうか、一人で食べるのも美味くないと思ってさ」

「何よ、私はあんたたちのせいでこれから一人ぼっちだよ! あいつのことばっかり心配しちゃってさっ」


母親が帰った後も、琴代は相変わらず部屋に一人で寝るだけの生活をしていた。

「先生、奥さんとちゃんと今後のこと話してるんですか? 私に立ち入る権利はありませんけど……。私、これからどうすればいいんですか?」

琴代の強いまなざしは、水面に映る月のように揺れていた。

僕は答えに窮していた。

「子供は産んで欲しいけど、俺はこれからどうすればいいのか……。どうすべきなのか……。正直、どうしていいか分からないんだ」

「分からないってどういうこと？　今さらなに言ってるのよ。うちの母が言ってました。犬とか猫じゃあるまいし、こうして身重の私一人部屋に置いて……。普通なら一緒にご飯食べたり、寝泊まりして身体さすったり、いたわったりするのが本当だって……。もう先生にはがっかり。明日、病院に行って堕ろしてきます」

「ちょっと、待ってくれ。もう少し時間をくれないか。ちゃんと、答え出すから」

胸のポケットに入れていた携帯のイルミネーションが青く点滅していた。

静香からのメールだった。

〈今どこ？　また今日も部屋にいるんでしょう？　もういい加減にしてちょうだい。私もう疲れた。さようなら〉

僕は慌てて隣の部屋に駆け込み静香の携帯を呼び出したが、冷たいアナウンスが流れるだけだった。

「誰から？」

「ううん……。何でもない」

「奥さんでしょう？　私、直接会ってお話ししますよ。奥さんにそう伝えてください。だから、今日はもう帰っていいですよ」


家に戻ると、食卓には二人分の夕食にラップがかけられていた。

静香は部屋の電気を消して、暗闇の一点を見つめていた。

「ただいま……。夕飯まだでしょ？」

「私、食べたくないからようちゃん一人で温めて食べて」

「向こうもしずと会って話するって……。いつにする？」

「あっ、そう。でも、今週は仕事だからいつって決められない。明後日早番だから仕事が早く終われば直接伺います。場所はどの辺りですか、お二人の愛の巣は？」

琴代のアパートは国道沿いにある、ビデオ屋の敷地を越えて入っていくような少し分かりづらい場所にあった。その日、僕は当直明けで先に琴代の部屋に入り、午後になってやってくるはずの静香を待った。

「化粧くらいしておかないと。こんな小娘に旦那取られるのかって思われるのもしゃくじゃない」

琴代は出っ張って重たくなってきた腹をおっくうそうにしながら、せっせと化粧をしていた。

そのとき、携帯の着信音が鳴った。

十二年前に二人が挙げた結婚式のＢＧＭに使った曲で、サックスの優しい音色が響いた。

〈今ビデオ屋の駐車場に着きました。どうすればいいですか？〉

琴代の部屋は二階で、小さなベランダのある窓の外にはビデオ屋とその駐車場が見えた。平日の昼間だというのに、駐車場にはそこそこ車が停まっていた。

化粧を続ける琴代を残し、アパートの階段を下りて駐車場に歩いて向かった。

季節は四月下旬になっていた。

停車中の車の間を通り抜けると、西日に照らされたボンネットから立ち上がる熱風が陽炎《かげろう》を形成していた。

静香の車を見つけ、助手席のドアを開け乗り込んだ。

「五分待って」

静香は運転席でコンパクトミラーを開き、せっせとファンデーションを塗り始めた。

僕はやっぱり自分がずるい人間だと思った。

これから二人を合わせてどうしようというのか。僕には決められないからこの二人に任せようとでも思ったのか。

静香をアパートに連れて行き、琴代がいるリビングに通した。

僕はいつ何が起きてもいいように、隣のバスルームの少し段差で高くなっているところに腰かけて、不完全に閉めたドアから漏れ聞こえるかすかな会話に耳を傾けた。

しかし二人は声を荒らげるわけでもなく、淡々と話を続けているようだった。

しばらくして静香が僕を呼びにやってきた。

「ようちゃん、一緒に話に入って」

身重の琴代は、壁に寄せて据えられた二人がけのソファに浅く腰かけ、手を膝の上に重ねていた。それに向かうように静香が琴代を見上げて正座していた。後から入った僕は、ソファの脇に静香の方を向いて正座した。

「ようちゃん、何とか言ってよ」

「何とかって……」

　琴代が切り出した。

「そもそも、奥さんがこの人をほっといたのがいけないんじゃないんですか？　ちゃんと見ていれば今頃はこんなことになってないんじゃないですか？」

「あなたに何が分かるっていうの？　この人の本性も知らないくせに。この人は本当にひどいんだから」

「ひどいって何だよ。俺はあなたに手なんか上げたことないよ。あっ、一回だけ取っ組み合いの喧嘩はしたけど、それはお互い様だろ」

「違うよ、この人は言葉で抑えつけるような人よ。もう、いやというほどいっぱい言われたんだから。だから、結婚したての頃、もうこの人に逆らうのはやめようって思ったんだもの。そう、自分の個性を殺してね。だから、やめた方がいいわ。あなたにはこの人は絶対無理よ」

「ずいぶんひどい言い方じゃないか。ずっとそんな風に思ってたのかよ」

「でも、私とだったら、これからはちゃんとうまくやっていけるかもしれないじゃないですか。ですから、私はこの人と一緒にお腹の子を育てていきたいです」

「私だって、子供が授からなかったけど、この人を誰よりも愛しています！」

静香は強いまなざしで琴代と僕の方を真っ直ぐ見据えて言った。しかし僕は、このとき静香の口から〝愛している〟という言葉が出てきたことが意外だったと同時に、興ざめな感じがした。

「もういいです！　お邪魔しました」

静香はすたすたと廊下を歩いて部屋を出ていってしまった。

バタンと乾いたドアの音が鳴り響いた。

まもなく静香からの電話が鳴った。

「ようちゃんも今日は帰るんだよ！　早く下りてきて」


琴代に別れを告げ、ビデオ屋の駐車場に向かった。外は日が落ちかかり、さっき陽炎が立ち上がっていた車には深い影がさしていた。

「ふんっ。何なのよ、あの娘のあの態度。なんか頭に来たらお腹空いてきちゃった。ちょっとつき合ってよ」

早番で今朝の五時に出勤した静香の横顔には少し疲れが浮かんでいた。

二人は国道沿いにあるファミリーレストランに入り、奥の禁煙の四人がけの席に座った。夕食にはまだ早い時間で、子育て世代の若い母親たちも帰った後の店内は静かだった。窓際には何か勉強でもしている学生が夕日に背中を照らされて座っていた。その反対の通路側の席には初老の男性が文庫本を片手に座っていたが、暗くて起きているのか寝ているのか顔の表情までは見てとれなかった。

普段少食の静香は意外にも肉料理を頼んだ。

僕は空腹ではなかったが、静香に合わせて同じようなメニューとドリンクバーを二人分注文した。

店は空いているためか、程なく料理は運ばれてきた。僕は鉄板にのっている肉をナイフとフォークで半分にして静香の皿にのせた。静香も自分の分を半分に切って僕の方にさし出した。

これまでも何度となく繰り返してきた二人の癖だった。

「ようちゃんは結局、今日も私の味方してくれなかったよね」

そんなことはないと弁解しながら、自分でも琴代の側に立った発言をしていたことを思い出した。

「あんな小娘にようちゃんを盗られるのかと思うと悔しいよ」

静香は半分やけになっているのか、明らかに一口では食べきれない量の肉にフォークを勢いよく突き刺し、そのままかぶりついた。

「いいわよね。これから未来のある人たちは……。どうせ私はこれから一人で生きて、一人で年老いて、一人で死んで行くのよ」

「何言ってるんだよ。さっき、俺が部屋に入る前、二人で何話してたんだよ？」

「所詮、子供を産める女にはかなわないんだよ。幸せな家庭なんて最初っから築けなかったんだよ」

静香の顔は伝い落ちてくる涙で口元まで濡れていた。

いつの間にか店内には客が増えていた。周りの客たちは僕たちのやり取りを気にする風でもなく、相変わらずそれぞれの世界にいるようだった。

こうやって、静香に責められることは辛かったが、責められて当然だとも思っていた。静香の心情や精神状態を考えたら、自分の苦しみなんてどうでもよかった。

結局、静香と琴代との間でどんなことが話されたのかは、最後まで分からなかった。そして、二人を会わせたことがよかったのかも。

「ようちゃん、いい加減、そろそろはっきりさせたら？　悔しいけどお腹も順調に大きくなってきているようだし」

「えっ？」

目の前の静香は落ち着いていて、まるで僕の心の中を見透かしているようだった。

「うん……。そうだな、ごめん……。しずには本当に申し訳ないけど、俺とあいつで、お腹の子を育てさせてくれ。俺たちがしたことは子供には全く関係のないことだし……。だから、子供が無事に生まれたら、成人して大人になるまでちゃんと育ててあげたいんだ。……だから、お願いします」

僕は向かいに座る静香に、すがるような思いで深々と頭を下げた。

「ふう……。やっと言ったね。優柔不断のようちゃんが、やっと決心つきましたか。うん……。じゃあ、条件が一つだけある。月に一回は必ず、東京に近況報告に来てちょうだい」

「えっ……？　うん、分かった。しずが望むのなら、生まれた子供もいつか一緒に連れて行くよ」

「言葉だけじゃ信用にならないから、ちゃんと誓約書を書いてちょうだい。そして、あいつにもちゃんとサインしてもらってちょうだい」

五．素性

五月になり、琴代のお腹は日に日に大きくなっていた。子供は順調で、四ヶ月目を迎えていた。

「今日病院に行ったら、先生がお腹にエコーかけて診察したんだけど、そのときにこれをくれたの」

琴代はバッグから薄いフィルムのような印画紙をテーブルの上に取り出した。

「ねぇ、小さいでしょ。これでもちゃんと生きてるんだよ。不思議だよね」

そこには、白黒の空洞の壁面にへばりつく小さな細胞体が写っていた。かろうじて頭と体の境が分かる程度だったが、本来腹腔にあるのが不自然であるはずなのに、その存在を誇示しているかのようだった。

僕は十年前を思い出した。

点のようにもっともっと小さな命。

琴代は切迫流産も落ち着いたことから、医者から仕事復帰の許可が下り、それまでの不自由な生活から解放されると喜んだ。

大きなお腹を抱えて職場復帰した琴代は、職場の同僚たちから温かく迎え入れられていたようだった。しかし、相手が誰であるのか、入籍や結婚のことなど本当のことをしゃべらないためか、周りの人間もどこか当たり障りのない会話やよそよそしさが見られた。

そのことが余計に琴代を苦しめているようだった。


復帰してまもなく、琴代は仕事の疲れもさることながら、部屋に帰ると浮かない顔をして塞ぎ込むようになった。

「今日、横山先生と楽しそうに何話してたのよ。これからは、私の前でもう女の先生と楽しそうに話さないでちょうだい。胎教に悪いですから！」

「おいおい。別に仕事の話してただけじゃないか。話するな、なんて無理だよ。何、ヤキモチでもやいてるの？」

「そんなんじゃない！　でも、よく分からない。私、自分でも変だって分かってるの。でも、先生とほかの先生が楽しそうにしてるのを見ると、なんか沸々といやな気分になってくるんだから仕方ないじゃない。どうしても気持ちが抑えられなくなるの。このままじゃ、この子また流れちゃうよ」

琴代は、座っていた床の絨毯に顔をうずめるように泣きじゃくった。

「仕事だから難しいけど、気をつけるようにするよ」

僕は、琴代の頭と背中をゆっくり撫でた。

「先生には私の気持ちなんて分からないのよ！　子供ができたことは、普通は堂々と公表して、みんなに祝福されるはずでしょ。それができないからこうやって気持ちが不安定になってるのよ、きっと。こんな思いするんだったら、不倫なんかしないで、普通の人と普通に結婚して、普通に子供産めばよかったわ」

僕は毎日、こんな状態の琴代の精神状態を確認するために部屋に通い続けた。

妊婦の精神状態は非常にデリケートだと聞くが、僕は何もしてあげることができず、ただ話を聞いてあげるほかなかった。

結局、琴代は精神状態もさることながら、僕たちの関係を明かすこともできず、このままお腹だけが大きくなっていくことはどうしても耐えられないと、琴代の親とも相談して八月いっぱいで職場を退職することになった。

琴代のお腹は日々重くなっているのか、姿勢も後傾となり、体を左右に揺らしながらガニ股で歩くようになってきた。

退職することが決まってからは、琴代は気持ちも落ち着いてきたらしく、普段の明るさが戻ってきていた。

琴代はいつからか僕のことを〝お兄ちゃん〟とか、〝お兄〟などと呼ぶようになっていた。

〝一人っ子〟の琴代は、亡くなった見ず知らずの兄を慕う気持ちから、小さい頃から仏壇の位牌に話しかけたり、悩みを相談したりして育ってきたと話していた。

「あいたたっ。今お腹蹴られたよ。何か最近、こうやってこの子が動いたり蹴ったりするとお腹がすんごく張るのよ。短い時間ならいいんだけど、しばらく張ったままになるときがあって、これって大丈夫なのかな？　このまま出てきたりしないよね？　明日、仕事休んで病院に行ってこようかな」

次の日、琴代の受診が気になり、僕は仕事中も携帯を白衣のポッケにしのばせて、時折チェックしていた。

お昼過ぎに琴代からメールが届いた。

〈ごめん、お兄。今度は切迫早産と言われました。このまま入院することになったから。もう、何かこの子が無事に生まれてくる自信が無いよ。やっぱり神様はいて、私たちに罰を与えているのかもしれないね。母親には連絡したけど、お兄は明日から学会だから、私のことは心配しないで行ってきてください〉

琴代が入院したその晩、僕は産院近くのビジネスホテルに泊まった。次の日は大阪で学会があるため、四、五日は留守にしなければならない。

そばにいて見守りたかったが、医者の言う話では、点滴で弛緩させて落ち着いているから大丈夫だろうということだった。そして、自宅安静であれば退院して構わないということで、明日実家の母親が迎えに来て、しばらくは実家で静養することになった。

お腹の周りに子宮の張りをモニターする機械を巻かれた病衣姿の琴代は、とても弱々しく見えた。

夕方、ペットボトルのお茶と果物、そして洗面用具などを買いそろえるため、近くのデパートに買い出しに行った。母親と子供が商品を選びながら何やら楽しそうに会話している風景を、どこか遠くに眺めていた。

病室に戻り、運ばれてきた夕食を琴代が食べ終わるのを見届け、面会時間ギリギリまで琴代のそばにいた後、また明日の朝立ち寄ることを告げ、産院の外に出て、あてもなく歩き出した。

産院から歩いて五分ほどの商店街のアーケードの中に、適当な居酒屋を見つけ、一つ深呼吸をして暖簾をくぐった。

一人で居酒屋で飲むなんて初めての経験だった。カウンターに案内され、とりあえずビールを頼んだ。

夕食になりそうなものを適当に頼み、手持ち無沙汰に携帯をいじった。琴代に今一人で居酒屋に入ったことを伝えるとすぐに返事がきた。

〈いいなぁ。あたしもいっしょに飲みたいなー。明日から学会なんだから、あまり遅くまで飲み過ぎないようにね。おやすみ〉

〈今日は長い一日だったね。でも、お腹の方は落ち着いているようだから少しホッとしたよ。つき添い禁止の病院だから一緒にいれなくてごめん。何かあったら夜中でもいいから連絡ちょうだい。あと、俺一人でお酒なんか飲んでごめん。無事にその子が産まれてくれて落ち着いたら、今度一緒に行こう。それじゃあ、また明日。おやすみ〉

ビールのジョッキを一杯空けた頃に、隣に初老の男性が座ってきた。わざわざ、隣はよろしいかと聞いてくるような品のいい感じの人だった。

僕は再び携帯を取って、琴代と静香のメールの送受信履歴を漠然と眺めていた。

しばらくして、その男性の前には酎ハイのようなものと、漬物と冷製トマトが運ばれてきた。

僕は居酒屋で一人飲むのも初めてだったが、先ほど丁寧に話しかけられたことが意外で、こういう場合、お互い初対面ながら会話すべきかどうかを悩んでいた。

僕はカウンターの上にかけられたメニューを見るふりをして真正面に視線を上げた。正面を見ながらも右隣の男性をさりげなく視界に入れた。すると、向こうも正面を向いてはいるようだったが、首の角度はこちら寄りに感じた。僕は思い切って話しかけた。

「ここへはよく、いらっしゃるんですか?」

「ああ、いやあねっ。私もこのお店は初めてなんですよ。この街には仕事の関係でたまに来るんですが、ここは初めてです。店の入口の雰囲気がよくて入ってみたんですがね」

こんな地方都市にも出張で来る客はいるのだろうが、いったい何の仕事なのだろうかと気になったが、失礼にあたるから直接聞くのはやめた。

「いやあねっ。すぐ近くにデパートあるでしょう。そこの展示フロアでちょっとした雑貨なんかを出店してましてね。まあ、年に最低一度はお邪魔するんですが、常連の奥さんたちに次はいつ来るのよ、なんてせがまれたりして、まぁ何とかかんとか商売は成り立ってますかね」

話してみると意外と話好きのようで、どちらかというと、いつも聞き役に回ることの多い僕にとっては、いい時間潰しになると思った。

最初はデパートの展示販売という、今までに接したことがない職種の人に戸惑いを覚えたが、男性の人相や服装、話の節々に滲み出る品のよさに、僕はどんどん話に引き込まれていった。

初対面で酒の席での話題だったが、彼は外資系の会社を退職し、海外勤務や貿易関係の経験を活かし、以前から夢だったこの商売を仲間と始めたこと。そのため、妻や子供を都内の自宅に残し、単身でホテル住まいをしながら全国を飛び回っていることなど、自分の身の上話まで話してくれた。

「奥さんや子供さんと離れて暮らして、寂しくはないんですか？」

「いやあ、ははは。もう、この歳になると、妻や子供ともある程度の距離を保ちながら暮らした方がうまくいくもんですよ。だからといって、別に仲が悪いとか反目してるってことは全然無くて、なんか、こう……もっと深いところのパイプみたいなもので多分つながってるんでしょうかね。だから、たまに家に帰っても我が家はいたって普通です。別に懐かしんだり、また旅立つときに別れを惜しんだりなんてしません」

世の中、本当にそんな家族関係が成り立つものかと疑問に思ったが、不思議とこの男性の生き様が少しうらやましく思えた。


僕は、今この自分の身に起きている複雑で耐えようもない様々なことを、この一夜限りの席で思い切って彼に吐露したい衝動に駆られた。

妻との間に一度子供ができたが流産したこと。

苦しい不妊治療を続けたこと。その妻を裏切ってしまったこと。別の女性との間に子供ができたこと。その女性がすぐ近くの産院に切迫早産で入院していること。その女性には子供を産んで欲しいと思うが、これからどうすればいいのか悩んでいること。

しかし、彼は最後まで僕の素性を問うことは一切なく、結局、僕は話すきっかけを失ってしまった。

会話が弾み、いつしかご当地や隣県秋田の清酒を頼みながら、お互いお酌し合うほど意気投合していた。

「さあ、そろそろ帰りますか。いやあ、今日は本当に楽しかった。僕だけ一人でペラペラとしゃべっちゃってごめんなさい。でもね、あなたもまだまだ若いんだから、これから色んな世界を見て、そして様々経験してみなさい。たとえ入口と出口が別々になってしまっても、通って来た道は必ずあるのですから。そして、自分の目と耳、身体全体で経験したものは、きっとこれからのあなたの人生の宝になるはずですから。人間というものはそういうもんだと思います。……いやあ、偉そうなこと言って申し訳ありません。今日はありがとう」

もう二度と会うことはないと思ったが、礼節上名刺交換をした。

次の日の朝、面会の開始時間に合わせて産院の玄関をくぐった。

琴代は起きて食事を済ませた後だった。

「うちの母から、今、盛岡から向かう途中だと連絡がありました。お兄はもう飛行機の時間があるから行かなきゃだよね。母がよろしくお伝えくださいと言っていました。でも、お兄はすごいなぁ。全国を飛び回って発表して歩いてさー。うらやましいなぁ。ほんと尊敬します。くれぐれも気をつけて行ってきてね。お土産はいいからね。ふふふ」

はにかんだ琴代の笑顔が寂しげだった。

僕は琴代の母親にもよろしく伝えるよう頼み、琴代に別れを告げ、週末までの大阪の学会に旅立った。

夕べは静香が夜勤だったが、メールで飲み会だと嘘をついた。琴代のこの状況も黙っていた。

今さらだったが、本当のことを言えば静香の機嫌が悪くなるだけだった。

二ヶ月前に真実を伝えた後、静香がどこでもいいから最後に二人で旅行したいと言い出した。

これから行く学会と最後の旅行を兼ねて、僕は大阪を選んだのだった。

六．夫婦善哉

花巻空港十二時十五分発のＪＡＬ二一八二便に乗るため、静香と空港で待ち合わせをした。玄関ホールで見かけた静香は、一瞬強い目つきで僕を見た後、すぐに素に戻って僕の方に寄ってきた。

「夕べはどちらに？　また、あちらにお泊まりになったんですか？」

「違うよ。夕べは飲み会だって言っただろ？　んで、その後知らないおじさんと意気投合しちゃってさ、その人と一緒に飲んでたんだよ」

「ふーん」

言ったことは半分は嘘だった。残りの半分にだけ意識を集中して平然と話したつもりだったが、静香はあまり興味がない様子だった。本当のことは言えなかった。

地方空港で発着便も少ないためか、カウンターや通路に客はまばらで、空港スタッフも出発前のルーチンワークを淡々とこなしている様子だった。

飛行機に初めて乗ったのは、十二年前の新婚旅行でハワイに行ったときだったのを思い出した。そのとき、静香は二十九歳で、僕は二十六歳だった。二人とも若かったし、世間知らずだった。

僕は就職して二年目で、仕事の出来も中途半端だった。職場には三人の薬剤師と助手が一人いた。朝から晩まで、医者が書いたミミズが這ったような、お世辞にもきれいとは言えない字を判読しながら薬を棚から集めては輪ゴムでまとめ、年配の薬局長がそれを確認して袋に入れる単調な作業。大学で学んだ知識をフルに活用して、医者と対等に薬物治療について議論するなどといった理想とは大きくかけ離れた地方の病院で、僕はやる気を完全に無くしてなげやりになっていた。

そんな折、静香と出会い、そして結婚した。

大学で特定の彼女がいたわけでもない典型的な理系男子だった僕は、別に多くの女性とつき合いたいといった願望もなく、こんな僕に一番最初に興味を持ってくれた静香とすぐに一緒になってもいいと思った。

職場の結婚休暇は一週間もらえたが、僕は旅行に行く数日前から風邪をこじらせてしまった。微熱と倦怠感がなかなか取れず、医者にかかったが原因不明と言われ、せっかくの新婚旅行が台なしになるやもと、周りで祝福してくれた人々を心配させた。飛行機に乗るのは生まれて初めてで、緊張のあまり機内サービスのビールを何杯飲んでも眠れなかった。自分でもこのままではいったいどうなることかと心配したが、ハワイに降り立ったとたん、そんな風邪の症状も眠気も、南の国の乾燥した暖かい風が一気に吹き飛ばしてくれた。

「あーあ、日本に帰りたくないなー。ずっとここに住みたいなー」

静香の言葉に、僕も素直に同意した。

ベタな新婚旅行先であるのは十分承知していたが、ツアーの値段も安く、せいぜい記念としての格好がつけばいいと思っていたが、滞在中に二人とも、ハワイの不思議な魅力に完全に取り憑かれてしまった。

定番の観光スポットをほぼ押さえた後、滞在最終日に組んだ、ポリネシアン文化を体験できる国立公園を見学した後、ホテルに帰る海沿いの道すがら、デッキが海にせり出したコンドミニアムが、夕凪に静かに佇んでいるのをバスの車窓から見下ろした瞬間、僕たちは興奮気味に、いつかまたハワイの地に降り立つことを誓った。

大阪・伊丹には十三時五十分に到着した。

地下鉄御堂筋線に連絡する北大阪急行に乗り換えるために、大阪モノレールに乗り、千里中央で下車すると、アクアマリンの建造物が立体的に周囲を取り囲む広場に出た。郊外にあるそのターミナルの広場は、平日の午後に母親たちが子供らを放して遊ばせるにはちょうどよい空間のようだった。

僕も静香も、大阪とはそれまで縁が無く、異邦人のような感覚でその場所に立っていた。

テレビなどで誇張された関西人のイメージを勝手に植えつけられていた僕らは、耳に入ってくる、行き交う人々の会話に興味深く耳をすました。

四日間の日程のうち、フリーの一日を除いて昼間は学会に出席し、夜は静香と大阪見物をして廻った。

通天閣、大阪城、道頓堀や難波界隈。

大阪の街は東京にはない活気を持っていた。旅の拠点は学会会場の中之島へのアクセスも考慮して、心斎橋の宿をとった。これまでもそうだったように、できるだけ予算を抑えるため、駅からは少し離れたホテルにした。

僕は、浪速の演歌にも歌われていた法善寺横丁にぜひ行ってみたいと、静香を誘った。

観光マップを頼りに歩いてはみたが、〝食い倒れの街〟のネオンに圧倒され、その通りの入口を何度か通り過ぎていたことを、後から道を尋ねた人に教えられた。

長屋を背負った小料理屋が両側に隙間なく立ち並ぶ路地で、打ち水された石畳が軒先の小さな黄白色の看板の光を薄く反射して、道の先の方まで滲んで見えた。

小径を進んでいくと、祭囃子の笛と太鼓の音が聞こえてきた。

通りの由来となった小さな浄土宗のお寺の前の広場では、偶然にもその日が縁日だったらしく、紅白の装束を纏った老若男女が、軽快な拍子に合わせて南京玉すだれを披露していた。静香はとても珍しいものを見ることができたとはしゃぎながら、カメラのシャッターをしきりに切っていた。

大道芸を見る人だかりの反対側に、広場の中心に自然に往来から逸れるようにできた、もう一つの行列があった。そこには〝水かけお不動さん〟として親しまれている、いつの頃から立っているのかしれない、苔むした石像が立っていた。

長年絶やすことなく水をかけ続けられたため、目も鼻も口も指の形も本来の体型をも奪われ、しかしその苔がまるで石像の体毛のように脈々と生えているようだった。

「ねえ。私たちもあの列に並ばない？　何かご利益あるのかな」

お参りの仕方も分からず並んだ行列の先では、柄杓ですくった水を不動尊の正面や体の一部を目がけてかけた後、思い思いに願い事を唱えているようだった。

「さっきからようちゃん、ボーッとして。どうせ何をお祈りしようかって悩んでるんでしょう？　別に、ようちゃんは自分とこれから生まれてくる子供のことでもお願いすればいいじゃない。私は私で、これからのこととかお祈りするつもりだよ」

僕はこうして、これまで幾度となく神社仏閣に手を合わせてきたことを思い出していた。

手を合わせたときに唱えてきたことはただ一つだけだった。閉じていた目を開けたとき、いつも横で静香はまだ熱心に祈っていた。

その一つの願いがかなうのなら、ほかには何も望むことは無かった。

自分たちの番になって、隣で勢いよく水をかけ手を合わせる静香の横で、僕はただ無心に手を合わせた。

広場の反対側の路地に向かって歩いていくと、まもなく、入る前と同じような華やかな通りに出た。そこには一軒だけ、夜の繁華街には不似合いな店構えの和菓子屋があった。

寺前でご利益があるかもしれないと、僕らは暖簾をくぐろうとした。

「ようちゃん、これなんて読むの？　ふうふ……めおと……ぜん……何とか？」

「これ確か、めおとぜんざいって読むんじゃなかったかな。何か昔の映画とかになったような話があったはずだけど」

店先で〝夫婦善哉〟と書いてある暖簾を眺めていると、店員が僕らを店内に案内してくれた。

メニューはシンプルだった。盆の上に二つの椀を載せて出すから夫婦善哉と呼ばれるようになったと、お品書きに名前の由来が書いてあった。

僕らは二人で一人前を頼んだ。

「はい、ぜんざい、いちー」

注文を取りに来た店員に内心訝しがられると思ったが、女性の店員はいたって普通に注文を厨房に伝えた。

運ばれてきたお膳を前に、僕は向かい合って座る静香を見た。静香も何も言わずに僕の目を見ていた。

朱色のお椀を眺めていると、十二年前に交わした三三九度を思い出した。おしろいを塗り、白無垢姿でうつむき加減の静香の唇の紅が浮きだっていた。

僕らは一つずつ椀を手に取り、中の白玉だんごとお汁粉をゆっくり味わうようにいただいた。これまでもそうしてきたように、一つのものを二人で半分ずつ分け合って食べた。

「ようちゃん、〝夫婦善哉〟ってこれから夫婦になる人たちが食べるものでしょう？　うちらはその逆だよね」

笑いながらも静香の瞳は涙で揺れていた。

その静香の顔もぼやけてきて、僕は下を向いて歯をくいしばった。

飲み干した椀の上に、一粒のしずくがこぼれた。

大阪から戻った後、静香は職場の世話になっている事務局長にだけは、八月末で退職することを伝えたと言った。

三月のマンション入居までの約半年間は、できれば同じ光崎近辺のワンルームを借りて、そこから仕事に通いたいと静香は言った。

僕はインターネットで部屋の間取りや家賃などを調べ、できるだけ敷金や礼金の負担が少ないところに当たりをつけ申し込んだところ、早速内見をするから契約がてら来いとメールで返事が来た。

不動産会社には、静香の看護師の研修のための住まいだと嘘をつき、三月末までの契約を交わした。

盆の法要を無事に済ませ、八月二十日過ぎに静香は面接のため一足先に東京に旅立つことにした。僕も後から、当直明けと夏休みを利用して引っ越しの手伝いに行くことにしていた。

約束通り、何も知らなかった母親に全てを打ち明けたのは、静香が東京に旅立つわずか三日前だった。その日は静香が最後の勤務の日で、僕は前の晩が当直だったため帰ってきていた。

僕は重大な事実をどのタイミングで伝えるか、家事をしていた母親の様子を窺っていたが、なかなか言い出すことができず戸惑っていた。

僕は心を落ち着かせるため、仏壇の前に座った。マッチを擦り、燭台の上の二本の蝋燭と一本の線香に火を着けた。蝋燭の芯の周りを、外側に青い輪郭が取り囲むように透明な炎が立ち上がり、その上に向かって炎は薄い黄橙色から濃い黄色へと変化していた。炎とその外界の空気の境があいまいな部分では、光の粒子を放散しているように見えた。親父の法事のとき、経をあげに来た方丈が、蝋燭の炎は仏や亡き人の命だから、蝋燭から直接線香に火を取ったり、吹き消したりしてはならないと言われたことを思い出した。鐘を三回たたくと、それに共鳴したように、香炉に立てた線香の先から立ち昇る蒼白い煙が、螺旋状にゆらいでいた。

僕は仏壇の上の長押に掲げられた、親父の遺影を恐る恐る見上げた。遺影に使った写真は、親父が写った少ない写真の中からようやく見つけた、出来るだけ笑顔の写真だったのに、今日は何故か難しい顔をしているように見えた。

僕は手を合わせ目を閉じた。

「疲れたでしょう。何か食べるかい？」

「ううん、別にいいよ」

「でも、朝も何も食べてないんだろう？」

「うん……」

「どうしたの、具合でも悪いのかい？」

「ちょっと母さん、話があるから座って」

「はい、はい」

母親は何かを察したかのように、黙ってうつむき加減に茶の間のテーブルの一角に正座した。

「俺と静香、別れることになったから」

僕は母親の反応を見るつもりではなかったが、かすかに〝えっ〟と声を漏らしたのが聞こえた。

それから、僕はこれまでの経緯の全てを話した。生まれてくる子の予定日は十一月末になること、妊娠させてしまった琴代のことも話した。

母親は僕が毎晩遅くまで帰ってこないのは単に仕事のせいではないことを見抜いていたようだった。

僕は話しながら、自分の過ちの大きさを反芻しているうちに、いつの間にか泣いていた。このとき、普段は涙もろい母親も同調して泣いてくれるのではないかと思っていたが、彼女の顔には一筋の涙も流れていなかったのが意外だった。

夕方になり、静香が最後の勤務を終え帰宅した。

前の晩、僕は静香にメールを出していた。

〈明日の昼間、母さんに話すから〉

二人のやり取りを目の当たりにする勇気も無く、静香が帰宅する夕方、気を紛らわせるために庭で洗車を始めた。

静香は僕の顔を一瞥していつもと同じように玄関を入って行った。

まもなくして、また静香が外に出てきた。

「ようちゃん、お義母さんに話したの？　ただいまって入って行っても、黙って流しで洗い物してるんだもの」

「話したよ、全部。俺も一緒に行こうか？」

「ううん」

静香は首を横に振り、意を決したかのように再び中に入って行った。

まもなく、締め切っているはずの窓の外に二人の泣き叫ぶ声と嗚咽が漏れ聞こえ、僕は身体が揺さぶられるような衝動に襲われた。

僕は現場を見る勇気は無かったが、最後は二人で抱き合って泣いているようだった。

残りの三日間はお互いに気まずくなることを覚悟していたが、翌朝の朝食は普段通りだった。ただ、母親は昨日あったことは夢じゃないのかと、しきりに静香に聞いていたが、夢であって欲しいのか、あって欲しくないのかは分からなかった。それからの三日間、母親は静香にできるだけのことをしてあげようと、引っ越しの荷造りを朝から晩まで手伝っていたようだった。

静香が東京に旅立つ日の朝、車で新幹線の改札まで見送った。手を振りながら改札の奥に消えていく静香の瞳は、少し涙ぐんでいるようだった。

面接が終わったらまた荷物をまとめに帰って来るからと、気丈に言っていた彼女が、再びこの街に帰って来ることはなかった。

七．異空間

ワンルームの入居は九月からだから、静香は、それまでの約十日間はショートステイができる格安なホテルを取った。海外では珍しくない宿泊スタイルだが、若者の海外旅行者も対象にしていて、調理器具一式と小さなガスコンロが一口ついていて、簡単な自炊ができた。そのホテルは、亀島の北口から幹線道路をはさんで緑道公園を進むとまもなくあった。

亀島という街にはこれまで縁が無かったが、同じ沿線の相生には、かつて通った医歯薬系の予備校があった。

田舎者の浪人生だった僕にとって、毎日乗り降りしたホームのコンクリートにこびりついた、真っ黒いガムの塊や錆びて赤茶けた線路、行き交う人々の無表情さが、下町の風情とは真逆の複雑な様相を帯び、生温かい風になって僕の嗅覚を襲った。僕は当時、その風をなるべく吸わないよう低くて弱い呼吸を続けていたような気がする。

遅れて上京した僕は、静香と合流した。

狭いワンルームの扉を開くと、細い通路に玄関と部屋の仕切りも無く、すぐに流しと簡易キッチンが現れた。棚には一人分の食器と、酸化して光沢を失った銀のスプーンとフォークがあった。はめ殺しの窓からは外の光は遮られ、部屋の中央にはシングルベッドが存在を主張していた。備えつけの長机には、面接を受けたという病院のパンフレットと手帳、小さな化粧ポーチ、そしてフロントで借りたドライヤーがコードを束ねて置いてあった。

「ねえ、ようちゃん。これまで二つ病院を受けたんだけど、どちらも結構、手応えはあったよ。一つは青砂で、昔からの地元の常連が通う病院って感じで、外来とか活気があって、でも忙しそうだけどね。もう一つは少し離れるんだけど、光崎から有楽町線に乗って永田町で降りて、地下道を赤坂見附まで歩かなきゃならないけど、都心に近くて、おしので芸能人とかも来るところみたい。どっちがいいかな？」

静香はもう東京での生活に慣れ始めていた。決して後ろ向きでない何か力強いもの。静香はその先にある何かに向かって、一人で歩き出しているようだった。

「どう、何か作って食べた？」

「うん。でも一人だと作る気がしないのよ。コンビニ弁当とかおにぎりなんかで済ませてた。ねぇ、ようちゃん。今夜何食べる？　なんか作ろうか？　でも、食器が一人分しかないから、その辺で買ってこようよ」

　本来はシングルユースのホテルに、僕はホテル代を節約するため、その晩はこっそり泊めてもらうことにしていた。

　ホテルのすぐ隣はスーパーや家電量販店、ペットショップなんかも入っている複合施設があった。二階の一角には狭いながらも百円ショップがあり、僕らはそこでこれからも使うだろうからと、二人分の食器と当面の生活用品を買いそろえた。それから、一階のスーパーでカレーライスの材料と醤油や塩などの調味料を買い、二人で両手いっぱいの袋を持ち帰った。

　部屋に戻り、シンクとコンロの間の狭い空間に、ままごとのように小さなプラスチックのまな板を置き、静香は不平も言わずに野菜などを切って鍋で炒めはじめた。油で炒められた野菜の香ばしい匂いが一瞬で部屋に充満した。

「ねぇ、ようちゃん。覚えてる？　ようちゃんが研修で三ヶ月間東京に住んでた頃、同じように狭いワンルームで暮らしたよね。あのときも、狭いキッチンで何とかやり繰りしてご飯作ったなー。でも、楽しかったな。私は一日中ヒマだったけどね、ふふふ」

五年ほど前、僕は視察も兼ねて東京の大学病院に三ヶ月間研修に出された。当時パートで勤めていた静香にも仕事を辞めてもらい、一緒に東京に連れて行った。

予備校以外では大学のときに西東京に住んだ経験はあったが、都心に住むことは、僕らにとってとても刺激的だった。東京に疎かった静香は、毎日二人分の家事をこなすだけで、僕が研修している昼間は一人で出かけることはなかった。だから僕は、研修のない休みの日には静香を連れ出し、二人で東京見物をして回った。

僕たちはどこに行くにも何をするにも、いつも一緒だった。食べ物だって飲み物だって何でも半分ずつにして、同じ味を共有した。だから、こんな日が来るなんて夢にも思わなかった。

そんな静香も、僕の不倫の事実を知ってから一人で苦しんでいたに違いなかった。僕は静香を一人地獄に突き落としたのも同然だった。これからも続くはずだった結婚生活の夢もやぶれて、一人引っ越しの荷物を詰めていたときの心境は、僕には絶対に知る由もない。

琴代の切迫早産のため、僕が彼女にかかりっきりだったときに、静香一人で荷造りしたダンボールが、いつの間にか部屋に増えていた。几帳面な静香らしく、箱の上面には〝冬物〟とか〝雑貨〟などといった分別の文字がサインペンで記されていた。

「ようちゃん。これ、荷物整理してたら出てきたんだけど、覚えてる？」

それは十年程前、妊娠を知った産婦人科医院の受診の帰りに買った、マタニティドレスだった。

「いつか使うかもしれないとずっと持ってたんだけど、結局使わなかったから……。一度も着てないから、もしよかったら彼女に着てもらって。でも、着ないって言われたらそのときは捨てていいから」

「ようちゃん、できたよ」

最後の仕上げに火を止めてカレールウを入れると、部屋中にカレーの匂いが漂った。

「ごめん。調味料とかほとんどなくて隠し味が効かないから、味はどうかな」

大きさと形の異なる器に盛りつけたカレーライスの大きい方を、僕にさし出した。ホテルの薄暗い明かりのもと、缶ビールをグラスに注いで、何に乾杯するわけでもなくコチンと合わせた。

「いただきます」

僕はその味を噛みしめるように、少し大きめのスプーンを大切に口に運んだ。

いつも食べていた味がそこにあった。


翌日は、静香が九月から住むことになっているワンルームを訪ねることにした。

岩手からの引っ越しは大変だろうと、不動産屋が時期外れのため空室だった部屋を早めに開けてくれることになっていた。家具備えつけのワンルームを希望したが、条件が合わなかったため、喫緊に最低限の生活用品をそろえる必要があった。

静香が旅立つ前に荷造りを手伝っていた母親が、岩手で使用していたものを使うのは心苦しいだろうと聞いていたが、静香は構わないからと事前にホテルに送っていた荷物をスーツケースに移し替えて押し込んだ。

仮住まいのホテルからワンルームに移ったときに、無くて困るものを想像したとき、一人部屋で過ごす静香にはテレビが必要だと気づき、急きょ、ワンルームに行く前に家電店に立ち寄り、持ち帰れるギリギリの大きさの液晶テレビを買った。取っ手をつけて梱包してもらったが、片手で十五キロ弱の重量のものを長時間持ち歩くには限界があり、くい込んだ取っ手の紐が指の血行と神経伝達を遮断した。

亀島駅前から光崎方面に向かうフェリー埠頭行きのバスに乗り込み、座席の足元に寄せて置いたダンボールとスーツケースは一際目立ち、通路を半分近く塞いでしまうため、乗り降りする乗客たちの表情は一様に不満気に見えた。

これまで東京では電車でしか移動したことのない僕たちにとって、バスの車窓は速度も高さも異なり、不思議な風景となって映った。バスは華やかだった大通りからどんどん奥深くその中枢に向かって走っていき、下町の生活感漂う、密集した住宅の間の薄暗い細い路地を、まるで僕たちにこれが本当の東京の姿なのだと見せつけているようだった。

三十分ほどして、バスはワンルームがある街の停留所に着いた。この迷惑な巨大な荷物の持ち主は自分たちであることを最後に告白する形で、うつむき加減にバスを降りた。

借りたワンルームは三月に完成予定のマンションからほど近く、静香は、入居までの約半年の間、マンションの完成具合を眺めながら、少しでも希望を持って暮らせるだろうと僕は考えた。

建設予定地には背の高いバリケードが張られていたが、それを超える建造物はまだ見えないため、まだ基礎工事の段階なのだと想像がついた。

完成予定日が記された表示板の隣には、白を基調としてデザインされたマンション外観の完成予想図が掲げられていた。

「わあー。ようちゃん、あの真っ赤な花をつけた木、きれいだね」

マンション脇には小さな公園があり、残暑厳しい東京でもバテることなく隆々と咲く花がすぐ目についた。

「ああ、あれはサルスベリの木だよ。幹や枝をよく見ると樹皮がすべすべしていて、猿がすべって登れないことからそう言われるんだ。開花期間も長いから〝百日紅〟とも言われるよ」

「へえ、さすがようちゃんは植物に詳しいね。岩手でも、もう咲いてたかなあ？」

「同じサルスベリでも花の色が様々あって、桃色や紫の花をつけるものもあるんだよ。でも、岩手ではもう少し時期が秋口近くなってからじゃないと咲かないかな」

「ふーん。やっぱり東京と岩手じゃあ、五百キロ以上も離れてるから、季節も半月くらい違うんだね」

　不動産屋から預かっていた鍵でワンルームの中に入ると、さっき見た明るい完成予想図とは趣きが全く異なる、狭く圧迫感のある部屋が現れた。北向きのため、三階でも日中もあまり日がさし込まないその部屋のダークブラウンのフローリングが、いっそう部屋の暗さを際立たせていた。

「まあ、仮の住まいだし、半年、我慢するよ。どうせ一人だし、仕事から疲れて帰って来てただ寝るだけの部屋だから。ほら、よく言うでしょ。身の丈に合った生活をしなさいって。でも、北向きだから洗濯物をベランダに干しても乾きにくそうだなあ」

陰気な部屋の入口で、重い荷物とバスに揺られた疲労感が一気に押し寄せ、押し黙っていた僕の心を察したかのように静香は言った。

「ねえ、ようちゃん。実は相談があるんだけど……。ここ、ペット可の物件だよね。東京で一人寂しいから、子犬を飼ってもいいかなあ？　ちゃんと世話するから、お願い！」

　断る理由は何も無かった。静香の実家では子供の頃からずっと犬や猫を飼っていたようだった。養父母となった静香の祖父母が、親のいない静香を寂しがらせないように動物を飼ったのかもしれない。同じように静香には少しでも心の拠りどころを持って、これから前向きに暮らしていって欲しかった。

テレビを床の上に設置して軽く荷物を解いた後、再びバスで亀島に戻った。善は急げと、早速複合施設内のペットショップに立ち寄った。

「わあー、みんな可愛いなあ」

これまでもそうだったように、地元のペットショップに入ったときと同じように、ずっと静香ははしゃいでいた。子供がいない僕らは、何度も犬などのペットを飼うことを考えたが、しかしペットを飼うことが子供を諦めることにつながるような気がして、どうしても一歩を踏み出すことができなかった。

僕はこれまでペットを飼った経験が無く、ペットショップに入ったときの獣独特の体臭や、糞便とそれを消臭する芳香剤との入り混じった、複雑な臭いに敏感に反応していた。子供の頃、近所の犬におやつのえびせんを与えたところ、指を咬まれたことがあり、犬に対してはちょっとしたトラウマを持っていた。

「コーギーとかミニチュアダックスとかの洋犬も可愛いし、散歩してても様になるわね」

ペットショップに少しずつ慣れてきて店内を見渡すと、子供連れの客や、僕らのように夫婦かカップルだけで来ている客もいるようだった。中にはベビーカーのようなカートに、服を着せた子犬を入れて押し歩く人もいた。

「ほら、ようちゃん。チワワとかヨークシャーテリアとか、間違ってふんづけちゃうくらい小さいのもいるよ」

その可愛い小型犬の隣のボックスには、先ほどから黒目がちの目玉を見開き、小さな犬歯をむき出してこちらを威嚇する、白とグレーの毛むくじゃらの子犬がいた。

「ふふふ。ようちゃん、さっきからこの娘に気に入られてるんじゃない？」

「へえ、これでもメスなんだあ。子犬なのにずいぶん気が荒いんだね。あれ、シーズー犬だって。〝し・ず・け・ん〟なんてね」

「そうよ。私はこの娘みたいに、ようちゃんのこと、これからも牙むいて睨んで生きていきますからね！　ふふふっ。ねえ、ようちゃん。あそこ行ってみよう」

ペットショップの中で、ちょっとした見物客の人だかりができているブースがあった。

「わあー、あれ柴だよ。やっぱり日本犬が一番可愛いなあ」

ほかの見物客が移って行った後もしばらく静香はそこから動かなかった。近寄ってきた店員に抱っこしてみないかと促され、ブースの扉を開けて、出されたその柴犬を抱かせてもらうことになった。

「ふぅー……」

静香はその子犬の背中に顔をうずめるように抱き、深く息を吐いた。静香のまつ毛の先が濡れていた。

「よし！　この子にしよう」

「えっ……。いいの？」

「だって、ほら。この子もしずの腕の中で、結構居心地がよさそうだし」

受け取りは、ワンルームに移り住んで部屋も片づいた頃であろう、次の週末とした。

犬の名前は、鼻先が黒く栗毛がきれいな雄犬ということで〝マロン〟と名づけた。


僕はその日の夕方、一人岩手に戻った。

「それじゃあ、面接頑張って。来月また来るから」

「分かった、また連絡するね。いってらっしゃい。なんちゃって」

静香の潤んだ目に気づかないふりをして、僕はホテルの部屋を出た。昇ってきたエレベーターに乗り込み、１Ｆボタンを押し、「閉」ボタンは敢えて押さなかった。

エレベーターホールの斜め向かいの部屋のドアから、半身を出して静香は手を振っていた。

やがて閉まりだしたエレベーターの中から僕は叫んだ。

「行ってきます！」

二人をつないでいた空気を、無情にも鉄の扉が切り裂いた。

扉の向こうの静香は、どんな顔でドアを閉めたのだろう。部屋に戻った静香は、何をしているのだろう。今から戻って確かめることだってできるはずなのに。

しかし、それは決してかなわない気がした。

扉が閉まったその瞬間からもう、二人は異空間に引き離されているような気がした。

ホテルを出ると、亀島駅に向かう往来は人で賑わっていた。夏祭りにでも向かうのか、浴衣を着た若い人たちの間を、カラカラと気だるく鳴る空のスーツケースを引いた。

緑道公園の街路樹からは、いったいどこに潜んでいるのか、何匹いや何百匹もいるだろうセミの鳴き声が、悲痛な読経のように、熱せられ湿気を含んだ空気に乗っかって、僕を四方から圧迫してくるようだった。

これまで何度だって訪れた東京。

プライベートに出張や学会。そこには、いつも静香が隣にいた。

帰りはキヨスクで弁当と飲み物を買い、おかずはいつも交換し合って食べるのが、東京の旅の最後の楽しみだった。

ホームには、遠距離恋愛なのか、窓の外から携帯電話で何やら話しながら泣きじゃくる若い女性の姿が見えた。

東京発十八時五十六分発の「はやて・こまち」三十九号、新青森・秋田行きの発車のベルが鳴った。

僕は缶ビールのプルタブを引き上げ、喉の奥に一気に流し込んだ。

丸の内の高層ビル群がゆっくり流れ出した。

中途半端に冷えたビールの苦みが鼻腔を逆流し、それとつながった涙腺を刺激した。

八．東下り

岩手に戻り、インターネットのショッピングサイトで、一人暮らし用の電子レンジや冷蔵庫などの生活家電を買いそろえ、ワンルームの住所に送り届けるよう指定した。

もともと口数の少なかった静香がいなくなった部屋には、パソコンのキーボードやマウスのクリック音が、より際立つようになった気がした。

部屋には、捨てて構わないと言われていた、静香の送りきれなかった荷物がダンボールの中に残されていた。物置を整理していると、盛岡のアパートに暮らしていた頃の荷物も出てきた。

いつか使うかもしれないと大切に取っておいた箱の中から、一冊のブルーのファイルが出てきた。開いてみると、基礎体温表や、最新の不妊治療技術の関連記事のほか、産後育児を特集した十年ほど前の新聞の切り抜きが差し込まれていた。僕は、マーカーが引かれた箇所をたどりながらペラペラとめくっていった。

――授乳は、母乳の場合は一時間半おき、ミルクの場合は三時間おきに――

――良質な母乳のためには、和食中心の粗食を心がける――

――授乳時は、体を密着させて、笑顔で話しかけて――

――夜泣きは成長の証、あまり思い詰めないで、数ヶ月の辛抱――

――離乳食を始める時期は、首がすわり、食べ物を見せると口を開けるようになったら

――

――発語は個人差あり、少し遅くても心配無用。一歳の誕生日を過ぎた頃、ママやパパなどの単語を話し出す――

――食事や入浴、おむつ替えなどのときに世話しながら語りかけると、赤ちゃんが動作と言葉の結びつきを理解しやすい――

――昔から、七つほめて、三つしかれと言います。毎日の小さな材料でいいから、良い行動を本気でほめてあげて――

僕は急に静香の声が聴きたくなり、携帯を手に取った。今のこの時間、静香は何をしているのだろうか。仕事から戻っているだろうか、それとも夜勤でもしているだろうか。で

も、静香が電話に出たら、僕は何と話しかければいいのだろうか。

結局、僕は携帯を元に戻して置いた。


僕は静香に言われた〝誓約書〟を書き出した。

静香は最後まで慰謝料をいくら欲しいとは言わなかったため、僕は新しく住むマンションの頭金を出すことを提案し、静香も了承した。

琴代の慰謝料についても同様だった。琴代からはいつまでにいくら払えばいいか聞いてくれと催促されていたが、静香は気持ちがあるなら払えばいいだろうとしか答えなかった。


八月末で職場を退職した琴代は、アパートを引き払い、実家のある盛岡に帰省していた。お腹の子供も順調で安定期を過ぎていた。

わずか一年五ヶ月の勤務だったため、退職金も微々たるものだったに違いない。結局、琴代は最後まで職場の誰にも真実を告げなかった。

「あーあ、もう少し稼ぎたかったな。親も就職したときは喜んでくれたのに……。私の結婚式のために親が貯めててくれたお金もあの人に取られちゃうし……。本当、親不孝な娘だわ」

僕は今まで誓約書なんてものを書いたことはなかったが、インターネットで調べてみると、夫婦間の離婚調停に使用する契約書、いわゆる〝誓約書〟は所定の様式を備えていれば誰でも書くことができ、法的効力も有することが分かった。

正式に弁護士に頼むという方法もあったが、親父の会社整理で依頼した弁護士に、いやというほど相談料を搾り取られた経験から、もう二度と頼みたくはなかったし、夫婦間の醜態を他人にまでさらしたくはなかった。

誓約書には、僕と琴代が払う慰謝料を明記し、マンションのローン返済額や生命保険の契約、そして静香が唯一望んだ月一回の面会について記した。

九月になり、静香は新しい職場で働き始めた。複数受けた面接試験の結果、採用通知が来た青砂の病院に決めたようだった。

通勤には、ワンルームの近くからでは、糸堀町行きか東京スカイツリー行きのバスに乗ればよかったが、どちらも材津で一度乗り換えが必要だった。

看護師の仕事は場所が変わっても同じように大変らしく、外科系の病棟に配属された静香は、夜勤者からの申し送りを受けるため朝早く家を出発して、手術件数の多い日は帰りも遅くなるようだった。僕から送ったメールに対する返信の時刻も、いつも夜の九時を過ぎていた。

〈新しい職場はどう？　もう慣れたかな？　毎日忙しくて帰りも遅いみたいだけど、ちゃんとごはん食べてるかい？〉

〈うん。今までと勝手が違うからちょっと戸惑う部分も多いけど、分からないことは素直に教えてもらうようにしてるよ。食事は帰りが遅いと作るのがおっくうになるけど、ご飯だけはちゃんと炊いて食べるようにしてる。弁当も作って持って行ってるよ〉

メールの内容では、引っ越しの荷物もほとんど開封していないらしく、新しい生活に慣れるにはまだまだ先のように思われたが、楽しみにしている柴犬の引き渡しを今週末に控え、前向きな感じを受けた。

僕はその次の週末、マンションの打ち合わせと静香の引っ越し荷物の整理を兼ねて再び東京に向かった。仕事帰りでそのまま新幹線の駅に車を泊め、十八時〇三分発の「はやて」一一二号東京行きに飛び乗った。片道三時間弱の旅が始まった。

僕は盛岡の実家にいる琴代のことを思った。

お腹の子も順調に大きくなってきて、あと二ヶ月もすればこの世に生まれてくる。出生前に琴代と籍を入れておかなければ生まれた子は私生児になってしまう。もちろん、その前に静香と正式に離婚しなければならない。そのためには、マンションの契約を済ませ、誓約書を三者で交わし、慰謝料を支払う。そして、僕は月に一度静香に会いにいく。

僕はおぼろげに、こんな生活がこの先ずっと続いていくのだろうかと考えた。それは、言葉や活字では説明のできない、決して嫌悪感でもない何か別なもののような気がした。

琴代の母親が言った〝新しいスタイルの生き方〟を琴代に同意を求めたとき、琴代は何も言わなかったことを思い出した。

この先、誰かが幸せになれるのだろうか。そして、この状況を咎める者も、諭す者も誰もいない一抹の寂しさや不安が胸をよぎった。

親父がもし生きていたら何と言っただろう。

その日は静香も仕事だったため、仕事帰りに待ち合わせることにした。僕は東京駅に着いた後、大手町から東西線で材津に向かった。初めて下車した駅で、改札に通じる階段やエレベーターはホームの端まで見当たらなかった。

やっとの思いで地下鉄の外に出ると、〝三橋通〟と〝八幡通〟と書かれた案内板が交差する広い往来に出た。

静香とは材津駅前の交差点で待ち合わせることにしていたが、その日も仕事が長引いているらしく、メールで、たった今バスに乗ったところだと連絡が入っていた。

僕は交差点の横断歩道の袂で、どの方向から現れるか分からない静香をしばらく待ち続けた。歩行者用信号の点滅を何度か繰り返し見た後、交差点の向こうに立つ静香の姿が見えた。信号が青になるのを待って歩き出すと、静香も向こうからこちらに向かって来た。

蓄光剤で反射して白く浮きだった横断歩道が、真っ黒いアスファルトの海に架かる橋のようだった。その橋の中程に、仕事用の大きめのショルダーバッグを抱え、ポニーテール風に結った長い髪の毛先をアップにして留め、しっかりと濃い目の化粧を施した静香が現れた。それは以前、毎日当たり前のように見ていたはずなのに、僕は静香とこの東京で再会したことが不思議で、彼女の顔を直視することができなかった。

僕たちは交差点の角にある居酒屋に入った。店内中央のホールは仕事帰りのサラリーマンで賑わっていたため、奥の四人がけのテーブル席に案内された。厨房に近いため、通路を頻繁に店員が行き来する味気ない席だったが、喧騒から少し遠のいて僕たちは安堵した。

「いらっしゃいまーせー。ごっ注文が決んまりましたら、そちらのボータンでお知らせくださーい」

童顔で小柄な、中国人の店員がお通しを運んできた。彼女らに特有の、低賃金でも一生懸命に仕事をする姿勢と素朴な笑顔に好感が持てた。

僕はビールを頼み、静香は果実サワーを頼んだ。おしぼりを手に取りながら静香をさりげなく見ると、疲弊した姿がそこにあった。心なしか痩せたようにも見えた。

「今日も忙しかった?」

「うん。今日は突然、転倒して骨折して運ばれてきた患者の緊急オペが入っちゃってさ。何とか夜勤者に申し送って来たけど、一日中バタバタして忙しかったよ。師長はまだ残ってるけど、お先しますって帰って来ちゃった」

運ばれてきた飲み物のグラスを合わせ乾杯した。

「ようちゃんはどう？　お義母さんも元気？」

「うん、相変わらずだよ。でも、俺とお袋の二人になってしまって、夜なんか静かだよ」

「なーに、もう少ししたらまた賑やかになるんだから。それで、いつなの？」

「えっ、何が？」

「何がって、予定日よ」

「ああ、十一月の末頃だって」

「性別も分かってるんでしょ？」

「うん……。一応、男だって」

静香はサワーを勢いよく喉に流し込み、深く息を吐いた。まだ溶け切らない四角い氷だけがグラスに残った。

「いいわよね。自分たちだけ子孫を残せて。私はどう頑張ったってもう無理ですからね。どうせこの先も一人で生きてくしかないんだから」

目元の化粧がはがれて滲んだ静香の顔は、年齢以上にやつれて見えた。

「あーあ。どっからか子供降ってこないかなぁ。もう、やってらんないから、今夜はとことん飲むぞっ！」

「うん……。じゃあ、俺もつき合うよ。でも食べながら飲まないと悪酔いするよ。何か食べたいものない？　魚とか野菜も頼もうか？」

チェーン店の居酒屋らしく、どの料理も美しく盛りつけられ撮影された、光沢のあるメニューを静香の方に向けて広げた。

「なんか最近、無性に肉が食べたくなって。昔の私だったら絶対に考えられないけどね。わあっ、この唐揚げ美味しそう……。っていうか、自分で作れよって話だよね、ふふふ。でも、なかなか一人だと揚げ物とか作る気がしなくなるのよね」

二人とも喉が渇いていたせいもあるが、普段ならペースの遅い静香に逆にリードされるように飲み物を注文した。

「実はこの間、病棟のメンバーでちょっとした食事会があったんだ。そうしたらなんか、うちの職場は私も含めて〝訳あり〟の方々がとても多いことが分かってさ。師長なんかはシングルマザーなんだけど、その息子さんが今度インディーズでデビューするらしくて、ライブやるから見に行くんだって張り切ってたし。それから、ナベさんとこも母子家庭なんだけど、三人の子沢山で、上が高校生で末っ子がまだ小学校の二年って言ってたかなー。あっ、離婚して独り身は私ともう一人いるけどね。まあ、とにかく看護師の世界は水商売みたいに夜の仕事が多いし、休みも不規則だから、家庭がうまくいかなくなるケースが多いっていうわ。なんて、私が言うのもおかしいけどね」

一人暮らしをしている静香は話し相手もいないからか、お酒の力も借りて冗舌になっていたが、忙しいながらも新しい職場に溶け込んでいる様子がうかがえた。


会計を済ませ外に出ると、先ほどはたくさんの往来があった通りは人も車もまばらで、街の明かりのトーンが少し下がっていた。酔いで火照った体を九月半ばの夜風にさらしてあてもなく歩いた。この時間ではワンルームに戻るバスもとっくに無くなっていた。

「ねえ、ようちゃん。なんでこの辺りの川に架かる橋はみんな、こんな風に盛り上がってるんだろうね。坂になってて歩きづらいよ」

橋の欄干から流れの緩やかな川を見下ろすと、もうすでに明かりの消えた提灯を屋根の軒下の両側に一連に吊るした屋形船が停泊していた。

「へえー、屋形船かぁ。テレビで見たことあるけど、今度ようちゃん乗ってみようよ。これに乗って、来年の隅田川の花火大会に繰り出すってのはどう？　ふふふ、なんてね。そういえば、材津っていう地名は、昔この辺りが東京湾から水路を利用して木材を集積した場所が由来なんだってね。ほら、〝材津の角乗り〟って有名でしょ」

静香の足は珍しく覚束なかったが、酔い覚ましの散歩にと、ゆっくりとした歩調で歩いた。橋を渡ると、東の方角から不自然に湾曲してくる細い路地に出た。その突き当たりはクランクカーブになっていて、小さな赤い鳥居の前を迂回するように道が続いていた。

「ようちゃん、あれ神社かな。行ってみよう」

鳥居の先にはぼんやりと灯籠の光が見え、僕らをいざなっているようだった。

「洲崎神社だって。光崎の〝崎〟と同じ字だね、関係あるのかな。どうか光崎で健やかに暮らせますようにってお祈りしようっと」

「あっちに波除碑《なみよけのひ》があるんだってさ。寛政三年の一七九一年って、今から二百年以上も前に大津波が来て、江戸でも多数の死者が出たって書いてあるよ。何百人も、何千人もの人が海の中に一気に飲み込まれるって、いったいどんなにか恐ろしい光景だったろう……。いまの東京の、こんな大都会の風景からは全然想像できないね」

「ようちゃんはいっつも、神社とかお寺に行くと必ずそういう説明書きをチェックするもんね。相変わらずだね、ふふふ。さっ、お参りして帰ろう」

僕たちは並んで手を二回たたいた。いつも静香がワンテンポ遅れてたたくため、二人の拍手《かわしで》は木霊のように境内に響いた。

ワンルームに入るのは二週間ぶりだった。

ドアを開けた瞬間、閉め切っていた部屋にこもった種々の臭いが一気に解放され鼻を突いてきた。

「ただいまー。マロン寝てるかな」

「あっ、そうか。もうあの子、来てるんだね」

狭いワンルームの玄関を入るとすぐ、インターネットで注文しておいた冷蔵庫と電子レンジが据えられていた。小さな流しの脇の電気コンロの上には、置き場所がなく仕方なく置かれた水切り籠の中に、今朝洗っていった皿やコップが重ねられていた。

ドアを一枚隔てたリビングには、シングルベッドが部屋の半分を占拠していた。その対面には小さめのゲージが置いてあり、中に体を丸めて横たわる小さな栗毛がいた。体を小刻みに振幅させる姿を見て、子犬の呼吸はこんなにも速いものなのかと思った。

「連れて帰ってきてから、環境が変わったからなのか、餌もそんなに食べないし、昨日あたりから便も緩いみたい。日中は私がいないし、まだ小さいから散歩にも連れ出せないからストレスがかかってるのかなぁ」

次の日、犬の様子が気になったが、ダンボールに入ったままだった荷物を出したり、ホームセンターやスーパーなどに、生活用品を買いに部屋を空けたりした。静香の休みもなかなか取れないため、僕たちは部屋の後片づけに没頭した。

静香一人だけの荷物なのに、折りたたんだダンボールを重ねると結構な厚みになった。三月にはまたこのダンボールを使うからと、丁寧に紐で縛ってクローゼットの中にしまった。

夢中になっていたせいか、気がつくともう夕時をとうに過ぎていた。ゲージの中を覗くと、朝にあてがっておいた餌や水はほとんど減っていなかった。

「マロン、どうしたの？　お腹空いてないの？　ねえ、ようちゃん大丈夫かな？　明日もこの調子だったら病院に連れて行こうかな」

静香が心配して声をかけても、ゲージの中の黒目がちの目は、潤んだか弱い光を宿しているだけだった。

「今から三人でマンション見に行こう」

「えっ、でもこの子まだ散歩には早いよ」

「外を歩かせなければいいんでしょ。自転車の籠に入れて連れて行こう。外の空気吸ったら元気出るかもしれないし」

まだ小さい身体をタオルでくるみ、静香が大事に〝我が子〟を抱きかかえ、僕らは少し涼しくなってきた九月半ばの夜に繰り出した。

ワンルームから今度住むマンションまで、自転車の後輪をカラカラと鳴らしながらゆっくりと歩いた。

初めて見る景色と外の風に触れ、小さな横顔が心地よさげに見えた。

運河に架かる太鼓橋の真ん中まで登り、マンションを見上げると、粉塵の飛散防止にかけられた白いシートがベールのように風に揺らいでいた。

「今何階までいってるのかなぁ。いちにいさんしー……。うちらの階はまだできてなさそうだね」

指でなぞるように数えていた静香は、先ほどから籠の中から這い出したがっている小さな栗毛を取り出し、橋の欄干にちょこんと乗せた。

「ほら、マロン。あれが今度住む新しいお家だよ。あそこに住むんだよ」

少しはしゃぎすぎて疲れたのか、静香が抱いていた脚には力が無くなっているように見えた。

「さあ、少し寒くなってきたから帰ろう。散歩できるようになったら、また今度ゆっくり来ような」

その晩、何時頃だったのか、寝静まった部屋の中で、何かの電化製品が故障でもしたかのような周期性の反復音に目を覚ました。

「マロン！　ねぇ、マロン！　吐いてるの？　大丈夫？」

部屋の明かりをつけ、ゲージから出して背中をさすってやると、再び機械的で執拗な嘔吐運動が始まった。そこにいるのがまるでゼンマイじかけのブリキの玩具であるかのように、両足を突っ張って立ち、空っぽの胃壁から分泌される粘液だけを押し出し、それと置換するように空気を取り込む横隔膜の伸縮音が静まり返った部屋に響いた。ゲージの中に敷いていた吸水シートの上には、乾いた便の跡が橙色に染まっていた。

「ようちゃん、どうしよう？　マロン、絶対何かおかしいよ。とっても辛そうに吐いてるし、血の混じった水様便も出てるし……」

「この時間じゃあ、動物病院も開いてないから仕方ない。明日早めに病院に連れて行こう」

「うん……。朝までまだ時間があるね。ようちゃんは、明日帰るんだから、もう少し寝てていいよ。私、看てるから」

静香の背中に、病気の子供に連れ添う慈悲深い〝母親〟の姿を感じた。僕は床に敷いた布団の中にまた潜り込んだ。


次の日、部屋の片づけも早々に切り上げ、僕はそのまま岩手に戻れるよう荷物を持ち、ワンルームから一番近い光崎のホームセンター内にある、獣医のいるペットショップを、開店と同時に受診した。しかし、獣医からは冷酷な言葉が返ってきた。

「検査の結果、パルボウイルスが検出されました。お聞きしたところ、飼われて間もないとのことですが、潜伏期間を考えると、購入以前にすでにウイルスに感染していたと思われます。これはペットショップの責任問題ですから、ご購入されたショップに相談されることをお勧めします」

僕たちは言葉少なげに、そのまま光崎駅前から糸堀町行きのバスに乗り、亀島のペットショップを目指した。

バスの中、怯えた様子でキャリーバッグの中に納まる我が子に、年配の乗客が話しかけてきた。

「おとなしくて、とってもいい子だね。おやっ、バスに酔ったのかな。大丈夫かい？」

口元に白い粘液を溜め、きっと病気から来る嘔吐なのに、幼いながらも粗相をしないように必死に耐えている姿が切なかった。

僕たちに本当の子供がいたら、きっと同じように目を細めながら心を寄せてくれる人たちがいるのだろうと思った。不安を抱えたままバスに揺られていた僕らは、今まで電車の移動では決して起こり得なかった事象に出合い、ここに来て初めて下町の人情というものに触れたような気がした。

「この間も、亀島のお店から反対行きのバスに乗せて連れて帰って来たんだよ」

今にも泣き出しそうな震えた声で静香は言った。

糸堀町に着いてすぐ、バスのロータリーからタクシーをつかまえた静香は、愛おしい我が子を大切に抱きかかえ、亀島のペットショップに向けて旅立って行った。後部座席のドアが閉まると、不安と寂しさの入り混じったような複雑な面持ちで、僕の前を通り過ぎて行った。

〈マロンは即入院になりました。これから私一人で部屋に戻ります。ようちゃんも気をつ

けて帰ってね。マロンのことは逐一報告するから。またね。バイバイ〉

北に向かうというのに、発車前の無機質な新幹線のアナウンスが〝下り〟だと言う。僕はこれからどこかに下っていくのだろうか、それとも深いところに落ちていくのだろうか、などとつまらないことを考えた。

時空という難解な概念は、こうして高速移動したときに、ふと理解できたような気になることがある。時間の流れ方が違う都会と地方の境界は、今通ってきた道のどこかにあるのだろうか。

地元の駅に着き、数日間停めっぱなしだった車のエンジンをかけた。車内の空気に自分と同じ倦怠感を感じた。車はハイビームに照らされた狭い闇の世界をどんどん突き進んでいく。

峠の頂上を過ぎ、車がただ惰性で坂道を転がっていく。僕は急にアクセルを全開で踏み込みたくなった。エンジン音がけたたましく吠えあがり、動揺した車軸のブレがハンドルに伝わってきた。蹴り込んだ右足に反応してエンジンが悲鳴を上げる。

僕も一緒に吠えていた。そして、泣いていた。もう、どうなってもいいと、そのとき思った。

その後、静香からのメールがしばらく途絶えた。僕は、もう最悪の事態を考えていた。

数日後、静香からメールが届いていた。

〈今朝、マロンが亡くなりました。明日迎えに行ってきます。私は一生独りで過ごしていかなければならないの？　イヌとさえ一緒に過ごすことが許されないの？　しばらくは、用事のある時だけメールするから。返信も電話もいらないよ。でも心配しないで下さいね〉

僕にはもう、失意のどん底にいるだろう静香の気持ちに寄り添うことはできなかった。そして、静香もそれを望みたくても望めないのだということを、もがきながらも必死に飲み込もうとしているはずだった。

今、僕の隣には静香はいない。そして静香の隣にも僕はいないのだから。たとえ、慰めの言葉をかけなくても、肩を抱かなくてもいい。ただその人の影が見えるだけでいい。ただそれだけでいい。

九．満月

十月になり、再び東京の静香のもとを訪ねた。マロンの死後、この一ヶ月間の僕は珍しく塞ぎ込んだり、岩手にいるのにまるで異郷に取り残されたみたいに、東京に対する〝望郷の念〟のような不思議な気持ちが心を支配していた。これまで、こんなに頻繁に岩手と東京を行き来することはなかったのに、季節感のない東京の街の空気にさえ、肌や指先が敏感になっていた。

ペットショップの提案で、同額の犬を提供されることになったが、静香はそんなにすぐに気持ちは切り替えられないからと断ったようだった。そしてもし、今後気持ちが落ち着いて、新しいマンションに住むことになったら、そのときはまた考えることにしたいと言った。

〝愛息〟が去った後の部屋は、少しだけ広くなったような気がした。彼を想像させるものは全て処分したと静香は言った。

僕は再び一人ぼっちになってしまった静香を励ますつもりで、完成して半年ほど経ったスカイツリーに登ろうと彼女を誘った。

終点の押上でバスを降りるとすぐ、周辺の建物にその足元を隠されてはいたが、天空に向かってどこまでも伸びていく巨大な電波塔が現れた。太くて白い骨の一本一本が複雑に編み込まれたその「体内」に入っていくと、先頭がいったいどこにあるのかしれない幾重にも折れ曲がってきている長い行列の最後尾に並んだ。

やっとの思いでエレベーターで展望フロアに登ると、一気に明るい視界が目の前に開けた。僕たちは窓際に近寄り、東京全土を一望する壮大なパノラマを堪能した。

「わぁー。ようちゃん、すごいでしょう。私、東京に住むんだよ。こんな大きな街に住むんだよ。光崎はどっちの方角かなぁ。マンション見えないかなぁ」

僕たちは遠くに海が輝く南東の方角に目を凝らした。

「そういえば、今度の東京オリンピック、開催は二〇二〇年だよね。そしたら、光崎とか湾岸地域はオリンピック会場の中心になるんだろうね」

「へえ。今から七年後かぁ。ようちゃんの子供、七歳になってるね」

「うん。元気に生まれてくれたらね」

「何言ってるの、きっと大丈夫よ。ようちゃんと元気すぎるあの娘の子供だもん。ふふふ」

眼下には、太陽の光を反射してきらきらと輝く隅田川が、蛇行しながら流れていた。

「もしその子がオリンピック見たいって言ったら、東京に連れておいでよ」

その日は雲一つない快晴のためか、自らの巨大な影をはっきりと足元の街並みに投射して、その頂点はコンパスの針のように南東の方角を指し示していた。

「ようちゃん、ありがとね。ようちゃんのお蔭でスカイツリーにも登ることができたし。少しだけ気持ちが前向きになってきたかなぁ。うん……。まだまだ心細いけど頑張るよ」

そう言った静香の横顔の先には、ガラスに映る寂しげな表情があった。

「そうだ、これから亀島に行って天神様をお参りしてから帰ろうよ。東京生活はあの亀島から始まったんだもの」

僕たちは、亀島駅から天神通りの商店街を歩いた。昔、参詣に来た客が生活雑貨もここで買い求めた名残なのだろう、駄菓子屋や甘味処のほか金物屋や草履屋まで、祭りの縁日のようにびっしりと店が立ち並んでいた。

鳥居をくぐり、赤い欄干の太鼓橋を上ると、先ほど登ったスカイツリーが本殿を背にして、薄青の空に白く溶け込んでいた。池には置物のように身じろぎしない亀が、岩の上で黒い甲羅を干していた。

境内に赴くと、戌の日祈願のお礼参りに訪れた家族の姿が見えた。白いベビードレスを着せた生後ひと月ほどの赤子を、大事に抱きかかえた母親を取り囲むように、正装した父親と、それにつき添う祖父母らしき人たちが幸せそうに笑っていた。

「ようちゃんもああやって、ちゃんとお参りするんだよ。そういえば、ようちゃんは今年前厄で来年は本厄だね。ようちゃんも歳とったんだねぇ。今度ここで厄祓いしてもらおうよ。これからあのお父さんみたいに、子供のためにバリバリ稼いでいかなきゃならないんだから」

天神様には、静香の東京での生活と健康、そして少しだけ子供のことをつけ足してお祈りした。

「はい、これ。ようちゃん、お守りあげる」

静香が社務所で買ってきた小袋をさし出してきた。開いてみると〝鷽笛〟と書かれた小さな銀の笛が入っていた。

「えっ、何これ？　〝ウソブエ〟だって」

「ふふふ、ようちゃんにぴったりでしょう？　それを吹くと、今までの悪いことが嘘になって、開運・出世・幸運を得ることができます、だってさ」

再び鳥居をくぐり、小さい仲見世を抜け東に向かって歩いていくと、往来から人の出入りの多い老舗のくず餅屋の前に出た。僕らは、天神様の前でご利益があるかもしれないと暖簾をくぐった。くず餅を一皿注文し、天井の高い薄暗い店内を見渡した。

「えっと……当店は創業二百有余年で、厳選した小麦粉の澱粉質を地下天然水で十五ヶ月以上の長期乳酸発酵を経て製造しております……だって。すごいね、んじゃあ、今日食べるくず餅は一年以上も前に仕込まれたってことだよね」

「うん……」

「どうしたの？　ようちゃん」

「別に……。いや、一年前っていったら、親父、虫の息だったけど、まだ生きてたなって思ってさ」

「お義父さんにようちゃんの子供を抱かせてあげられなくて、本当にごめんなさい。お義父さん、最期まで私たちの前で跡取りや子供のこと一言も言わなかったよね」

目の前の静香は口元に白いハンカチを当てていた。

三角形に美しく裁断された乳白色のくず餅の上に、たっぷりのきな粉と黒蜜がかけられて運ばれてきた。

「いいんだよ、今さらそんなこと。俺、今になって思うんだ。最後の三ヶ月は無理な抗がん剤治療とか鎮静目的のモルヒネの持続点滴なんかさせないで、家に帰して風呂に入れたり、大好きな酒なんか飲ませたり、少しくらい痛がっても、みんなで痛いとこさすってやったり、冗談言って誤魔化したりしてさ……。でも、親父の最期、病院で母さんとしずと三人で、親父の耳元で『ありがとう、ありがとう』って、脳細胞の最後の一個が眠るまで声かけて見送ってやれたから、親父も幸せだったんじゃないかな」

僕はわざと、きな粉や蜜がついていないところを口にほおばってみた。ほんのり甘く瑞々しいこの一片が、親父がこの世に生きていたときの空気を吸って今ここにあるのだと思った。

普段寡黙な父を、これまで僕は心のどこかで嫌ってきた。しかし、日に日に弱ってあっけなく死んでいった父を目の当たりにして、人の一生とか命の儚さとか、生きた言葉では決して諭せない何かを最後に教えられたような気がした。

「ようちゃん、ここの会計私が持つから。すみません、この右から二番目のをください。ねぇ、ようちゃん、これ帰ったら仏壇にお供えしてあげて」

十一月になり、琴代は臨月を迎えた。

琴代にも誓約書にサインと捺印をさせた。それを東京に送ると、数日後、静香の方から片面だけ埋められた離婚届が送られてきた。

その字体は、漢字の〝はらい〟や〝はね〟が控えめな静香らしいものだった。こんな非情な紙切れ一枚にも、丁寧にしたためた静香の気持ちを想像した。


琴代は結局、静香のマタニティドレスを着ることを最後まで拒んだ。


琴代の両親への結婚の挨拶と婚姻届の保証人の署名をもらいに盛岡に行ったとき、僕は彼女の実家を訪ねる前に、一人市内の美術館に立ち寄った。

僕は美術館の空気が好きだった。特に作品や作家に詳しいわけではなかったが、静かな緊張感の中に佇む絵画や彫刻などの創造物に身を寄せる感覚がとても心地よかった。

順路に従って歩いていくと、常設展の中にあった諫早石から彫られた、〝聖カエキリア像〟に目を奪われた。

長めの首の上にのる面長の頭像が、琴代の面影を想像させた。石の肌の中にひたむきな強さを隠したその石像は、無言でただそこに留まり続けていた。僕はしばらくその像の前で、これまでの琴代との出会いや様々な出来事を思い返した。

街を歩いているときに楽器屋を見つけ、はしゃぐ琴代に誘われて中に入るなり、彼女はグランドピアノの蓋を開け、弾き出したことを思い出した。

「わあっ、久しぶりだなぁ。実はピアノ弾きたくて仕方なかったんです。実家帰ればピアノあるんですけど、何かそのために帰るのも面倒臭いなって……。あっ、これスタインウェイじゃない。すんごく高いけど、プロの演奏家はみんなこれで弾くんです。いいなぁ」

琴代は隣にいる僕が目に入らないように、ショパンやリストの代表的な曲を夢中で弾き続けた。ピアノ専門のその楽器店の広い店内には何台ものピアノが陳列され、音響も考慮されているのか天井が高く、琴代の演奏が店内に美しく反響していた。僕はそのとき、普段の天真爛漫な彼女からは想像できない意外な一面に驚き、琴代のピアノをこのままずっと聴いていられたら幸せだろうなと思った。

遠巻きにして見ていた店員が聞いてきた。

「あのう、同業者の方じゃないですよね。いやぁ、先ほどから聞かせてもらっていましたがすばらしい腕前でいらっしゃるから」

琴代は幼い頃からピアノを習い、学生の頃その才能を見込まれて、ウィーンへの短期の留学経験もあるのだと、照れくさそうに話してくれた。しかし、将来はその道に進むつもりだったが、現実の厳しさに道半ばで諦めたらしかった。

両親の寵愛を受けて育った琴代と、そうじゃない静香。そんな静香の悲しみをも包み込むと誓ったはずなのに……僕はこれから琴代の両親に会いに行く。

絵画展の方に足を向けると、背景が真っ赤の油彩が一際目を引いた。頬がこけたその自画像の目は赤く、着ている衣服や髪の毛が棘状に伸び、その面と面とが鋭角に交錯して描かれていた。僕はその男の内面にある鬱屈と悲壮の複雑な情念をまざまざと見せつけられたような気がして、思わず目を逸らした。

美術館の周囲には丘陵を利用して造られた芝の公園が整備され、晩秋の彩光に照らされた人々が思い思いにそのキャンバスを埋めていた。丘のすぐ先には、オレンジ色の屋根にクリーム色の壁のメゾネット型のアパートが見えた。東京のクリニックで無情な告知を受け、涙で橋を渡り戻ったあの部屋には今は別の誰かが住んでいるのだろうか、目を閉じれば部屋の間取りや匂いまでもが手に取るように思い出された。

——本当は二人の子が欲しいけど、今の医学じゃ無理だから仕方がない……。いつか医学が発展したら、そのときは必ず二人の子をもうけよう。それまでは頑張ろう——

当時、プランターに植えた草花の種がこぼれ、翌年自生した白や黄や桃の鈴なりの花は、その年の初雪が降る頃までしっかり根を張り咲いていた。

しばらくぶりに会う琴代は、はにかんで出迎えてくれた。リビングに通されると、グランドピアノが所狭しと据えられていた。

琴代の両親は終始、笑顔で接してくれた。僕も琴代も笑顔だった。とても幸せなことだと思った。そして、これでいいんだと思った。

近くの公園に琴代を誘って出かけた。盆地の盛岡は県内でも気温が低めのためか、紅葉がほかよりも進んでいた。大きな池を周回するように遊歩道が整備され、紅葉狩りに訪れた人々が思い思いに散策を楽しんでいた。

「お兄、もっと速く！　遅れないでついて来て。早歩きじゃないと効果ないんだから」

琴代はいつ産まれてきてもいいように入院の準備をしたり、ウォーキングや安産体操などの、医者から言われたノルマを毎日こなしていると言った。

湖畔に植えられたカエデやイチョウの葉が、その本来の色を宿し、好天に明るく輝いていた。


離婚届は地元の市役所に一人で届けた。戸籍係の年配の女性の職員が、蛇のような執拗な目つきで冷たく言った。

「奥様にもご意思を確認させていただきたく、こちらに記載の番号にかけたのですが通じません。申し訳ありませんが、今回は受理しかねます」

連絡先には静香の携帯の番号が記されており、多分仕事中で出られないのだと説明したが、規則だからとの一点張りだった。僕は仕方なく静香の勤める病院の電話番号を調べ、家族だと名乗ってかけた。

「どうしたの、ようちゃん。何かあった？」

電話口に緊張気味に現れた静香は、少し息が切れている様子だった。僕は事情を説明した。

「うん、分かった。こっちから今電話するから。もう、全く、どこの役所も融通きかないんだから」

「ごめん、忙しいときに。俺って本当、バカだよ。最後の最後までしずに甘えてさ……」

「ところで、どう？　そろそろ生まれそう？」

「えっ、うん。今週か来週の頭には……」

「ああ、そう……。あいつに言っといて。しっかり元気な子産めって。んじゃあ、切るね」

婚姻届は翌日、同じ市役所に届けた。昨日の職員は僕の顔を見て、バツが悪そうに窓口の奥のデスクに座って仕事をしていた。

連休にあたり僕は盛岡を訪れていたが、初産のためか、出産予定日を過ぎてもその兆候は現れなかった。

僕はタイミングも悪く、東京への一泊の出張を翌日に控えていた。そんな琴代は、なかなか産気づかないと焦りがあったのか、肉と炭酸飲料がいいとインターネットで調べては、普段苦手なそれらを敢えて食べたりしていた。

「お兄が出張に行く前に産まないとね。ほら、パパに顔見せに早く出ておいで」

結局その日も兆候が見られず、僕は出張に旅立つことになった。もし、生まれそうになったら、すぐに駆けつけると琴代に約束した。職場には後から家族の急用だとか何とでも嘘をつく準備はできていた。

「いってらっしゃい。お兄が帰るまでもう少し待ってるから」

駅に見送りに来た琴代は、すでに母親の顔つきだった。改札で手を振る姿には、決意と寂しさが交錯して見えた。

琴代には、静香のところに滞在することを伏せて旅立った。


東京駅に降り立つと、真っ昼間のように明るく照らし出されたホームの床が白く反射して、周囲から浮き出た島のようになっていた。そこから見下ろすと、在来線のつり革につかまる人々が振り子のように通り過ぎて行った。混みあうエスカレーターを避け、脇の階段を下りていくと、突然人の波が二手に分かれ始めた。その先には、両手いっぱいの荷物を抱えた老夫婦が自動改札機からはじき出され、冷静にふるまう係員の前でとても小さく見えた。

改札を出てすぐ左に逸れ、東海道新幹線の降車客の流れの間を縫うように斜めに抜けていくと、京葉線方面へ向かう流れに自然に乗ることができた。その流れの途中から再び左に逸れると、八重洲南口の前に出た。

以前、静香とよく訪れたテーマパークの帰りに、駅構内にあるキャラクターショップに寄ろうとしたことがあった。その入口を探して右往左往したが結局見つけられず、八重洲口の係員に事情を話し、新幹線の下りのチケットを見せると仕方なさそうに通してくれた。しかし改札を出てしまえば、いとも簡単にその場所にたどり着くことができた。その通りには、行けども行けども両側にびっしりと様々な店が立ち並び、尽きることなく続いていた。

しかし、その通りには東海道新幹線の改札はいくつもあるのに、東北新幹線の入口は一つもないことに愕然とした。昔、東北人の東京の玄関口は上野だったと聞いたことがあるが、現在でもその玄関はここにはないと感じた。

八重洲口の外に出ると、再開発工事で狭くなった通路には、これから深夜バスで各地方へ向かう客がスーツケースや大きな荷物を持ち、気だるそうに並んでいた。その列の間をすり抜け、光崎方面行きのロータリーに並んだ。駅前の通りは人や車であふれかえり、見上げれば高層ビル群のネオンが東京の中心で自らを誇示しているように華々しく輝いていた。

ワンルームに着き、お互いの近況を話しながら夕飯を食べた。

静香にまだ生まれていないことや、いつ生まれてもおかしくないことを告げると、一瞬だけ強い目つきになった。

その晩は、マロンがいなくなった床に布団を敷き、目を閉じてもなかなか寝つけなかった。左右に何度も寝返りをうっていると、バイブレーションの設定にしていた携帯が布団の中で振動した。僕はハッとして、布団の中で息を殺して携帯を確認した。

〈さっきトイレに入ったら〝お印〟が出たので、これから母と病院に向かいます。でも、大丈夫だから心配しないでね。私ひとりでなんとか頑張ってきます〉

僕は今から岩手に戻る方法が無いことを知っていたが、頭の中ではその方法を探ろうとする思考が巡回していた。そして布団の中に潜ったまま、携帯で明朝の新幹線の時刻や光崎駅からのバスや地下鉄の時刻を調べた。

「ようちゃん、大丈夫？　どうかしたの」

緊張感や携帯を触る音が伝わったのか、ベッドの上から静香が聞いてきた。僕は何でもないと伝えてから、静香にどう説明しようか悩んでいた。

携帯を握ったまま少しだけ眠ったのだろうか、携帯のバイブレーションがずっと鳴り止まないため、開いてみると琴代の母親からの呼び出しだった。僕は飛び起きたい気持ちを抑え、そっと布団から抜け出てトイレに入った。

「陽一郎さん？　朝早くからごめんなさいね。琴代が今さっき破水したから、もうそろそろ生まれると思うの。この時間だから始発まで待つしかないだろうけど、とにかく慌てずに気をつけて戻ってらっしゃい。もし間に合わないときは、私がちゃんとつき添いますから心配しないで」

電話を切り、トイレのドアをそっと開けると、そこには静香が無言で立っていた。暗くて表情が分からなかったが、僕は得体の知れない戦慄を覚えた。

「ようちゃん、行くの？」

「うん……。生まれそうだって」

僕は静香の脇をすり抜け、布団をたたんで重ね身支度を整え始めた。静香のすすり泣く声が部屋に寂々と響いていた。

「しず、ごめん……」

「いやあーっ。行かないで！　ようちゃん行かないでよ。この瞬間が来ることが、ずっとイヤだったのー。こんなときに私一人残して行かないでよぉ！」

「……ごめん。今日は行かせてくれっ、頼む！　生まれたら必ずまたここに戻ってくるから」

僕は溢れ出る涙の中に溺れる目をしっかり見て、今にも崩れ落ちそうな静香の肩を強く抱いた。ワンルームの外に飛び出し、後ろでドアがバタンと鳴った。僕は部屋の方を振り返らなかった。


外はまだ薄暗く、車はヘッドライトをつけて走っていた。十一月の半ばを過ぎた東京の早朝はひんやりしていて、夜露となって地上に降りきらなかった湿った空気が、空中に重たく漂っていた。朝靄の運河に架かる橋を渡り、後ろ髪を引かれるように海側の方を見やると、空がうっすらと頬紅をさしたように白んできていた。その反対側にはガラスのキューブを積み上げたような双性の高層マンションが迫り立ち、足元の安普請のねぐらを見下ろしているようだった。

――ワンルームでは静香が泣き崩れているかもしれない。産院では琴代が苦しんでいるかもしれない――

駅前まで来ると、モノレールの線路が空中でその行き先を夢想して浮いていた。階段を下りていくと、構内では天井の配管がむき出しにされ、床や柱には保護板が張られた光崎駅の再開発が始まっていた。

――この街はこれから新しくなる――

休日早朝の地下鉄の乗降客はまばらで、ドアが閉まるまでの長い間が、車内の空気をいっそう閑散とさせていた。

――結局僕は、どちらの女性も幸せにすることが出来ないのかもしれない――

東京駅に着いたときには、始発まではまだ一時間以上もあった。しかも、始発は各駅停車の〝やまびこ〟のため、地元の駅を素通りして、さらに盛岡までは三時間以上かかった。僕は停車車両のまだいない新幹線ホームで、その空の線路の彼方を見やった。

盛岡に到着したときは、すでに九時になろうとしていた。

エスカレーターの右側を階段のように下りて外に出ると、肌に当たる空気は冷たいが、昨日と同様快晴で日ざしに清々しさを感じた。駅前のロータリーでタクシーに乗り込み、運転手に琴代のいる産院を告げると、まもなく琴代の母親から電話が入った。

「陽一郎さん、今どこ？　盛岡に着いた？　琴代がもう生まれそうなのよ」

僕は運転手にできるだけ急ぐよう催促した。車内では無言のまま後部座席から身を乗り出し、信号や軽い渋滞にもイライラしている自分がいた。

産院に到着すると、琴代の父親が出迎えてくれた。

階段を二階に駆け上がると、分娩室前の廊下の長椅子に腰かけていた母親が立ち上がって近寄ってきた。

「長旅ご苦労様、生まれたわよ！　たった今さっき。あと少し早かったら、立ち会えたんだけどね。三四〇〇グラムの元気な男の子ですって。本当によかったわね。おめでとう」

琴代と生まれた子は、現在処置中で、琴代の母親も外に出されていた。処置室奥のカーテンの中から響く赤子の泣き声が、もしかしたら自分の子なのかもしれないと耳をすました。

「あのね、陽一郎さん。琴代ね、最後は結局一人で産むって言い張って、私のつき添いもいらないからって言ったのよ。後から助産師さんに聞いたんだけど、琴代、産んだ瞬間はまるで吠えるように大泣きしてたんですって」

琴代の母親の目は赤く潤んでいた。

「水端さん、処置が終わりましたので中へどうぞ。あら、旦那さんやっと到着されたのね。おめでとうございます。よかったですね」

マスクをつけた看護師の目が微笑んでいた。

「陽一郎さん、先にいってらっしゃい。琴代と赤ちゃんに顔見せてあげて」

カーテンをくぐり、布団の中で目を閉じていた琴代の顔を覗き込み、そっと声をかけた。

「遅くなってごめん。お疲れ様でした。ありがとう」

琴代の顔が、ぱっと蕾を開いたように明るくなった。

「お帰りなさい、お兄。ほら、この子だよ、ずっとお腹の中にいたの」

琴代の顔は紅潮し、息を整えるためにたまに行う深呼吸につられて、胸の上にうつ伏せにのせられた紅顔の小さな命が上下していた。

「でも、なんでだろう？　私、産む瞬間に思ったことって、お兄でもない、親でもない、あの人のことだったの……。静香さんの顔があのとき強烈に頭に浮かんできたの……。静香さんだって同じように、きっとこんな瞬間をずっとずっと夢見てたんだよね。わたし、わたし……」

「おいおい、そんなに泣いたら赤ちゃんがびっくりするだろ？」

琴代はぐしゃぐしゃの顔でしゃくりあげていた。


琴代が静香のマタニティドレスを着ることを頑なに拒んだ理由は、単なる意地や、かつての静香の流産の不祥を嫌ったものではなく、もっと別なもののように思えた。

琴代は僕と籍を入れる前に、盛岡から、東京の静香宛てに手紙を書いて出したと言った。

それがどんな内容だったのかは、送り主からも、受け取り主からも聞かなかった。

静香の妊娠から十二年経った今、僕の目の前にいるこの新しい命は、あのときこの世に生まれいずるはずだった命が、どこか親も知らない遠いところでひっそりと眠っていた球根のように思えた。


――ようちゃん、ごめんね――

胎盤剥離術を受けたその晩、布団の上で熱にうなされながら一筋の涙をこぼした静香。

――もしよかったら彼女に着てもらって――

いつか着られる日を待ち続けたマタニティドレスを琴代に譲ろうとした静香。

――こんなときに私一人残して行かないでよぉ――

琴代の妊娠を知ったときから、静香の心の中にも、あのとき咲かなかった〝球根〟の花芽が、十月十日の間少しずつ膨らんでいたのかもしれない。琴代が産む瞬間、あのとき産んでいたかもしれない赤ちゃんを抱けない悲しみが、再び静香を襲ったのだろう。

髪の毛　手の平　愛の光
夢より　まばらな　淋しい熱
許されない　誰にも　喜ばれない
おまえが　咲くならば　僕は穴掘ろう
世界は壊れそうになった
今　流星のような雨の中
身体で身体を　強く結びました
夜の叫び　生命のスタッカート
土の中で待て　命の球根よ
悲しいだけ根を増やせ

僕はこの子に、あのとき決めていた男の子の名前をつけた。

「ようちゃん、前が見えないけど大丈夫？　あまり無理しないでよ」

「大丈夫だよ、ゆっくり押してみて」

ワンルームから新しいマンションまで梱包したダンボールを台車に載せ、ガラガラと大きな音を立てて押し歩いた。花冷えの中、アスファルトの上に吹き溜まった桜の花びらが不思議と清楚に見えた。

マンションのエントランスに向かっていくと、各方面からの引っ越しのトラックが到着し、大小様々な荷物を降ろしていた。新しい壁や通路に貼られたブルーの養生シートの中を進み、エレベーターで最上階のボタンを押した。

「ねえ、ようちゃん。いつまでこうやって来てくれるんだろうね」

扉の近くにいた静香の表情は、荷物に隠れて見えなかった。

「そりゃあ、しずにこれから先いい人ができて……俺なんか本当に必要なくなったときだろう？」

エレベーターのドアが開き、台車を押し出すと、継ぎ目に車輪を取られて荷物が少し斜めに揺らいだ。

通路のフェンスから身を乗り出してみると、はるか下に運河が流れていた。北西の方角には、まるで水彩画のような春霞の中に、その輪郭を洗い出されたスカイツリーが描かれていた。

再び、通路をわざと勢いをつけて台車を押した。

「でも、もし二十年経っても売れ残ってたら、そのときは……」

「えっ、何？　聞こえなーい」

部屋の前に到着し鍵をさし込むと、真新しいシリンダーが滑らかに作動する感触が指先に伝わってきた。ドアを開くと、壁も床も天井も、白を基調とした明るい部屋が目の前に皓然と現れた。

「ほらマロン、ここが新しいお家だよ。どうぞ末長くよろしくお願いいたします、ってね」

一番にこの部屋に入るのは、ずっと小さくなってしまった僕らの子だと決めていた。

〝水端家愛犬マロン号〟と書かれた小さなお骨を胸に、一歩を踏み入れた。南西向きの眩しい光の中に僕たちは溶け込んでいった。

「これ、ようちゃんの子が産まれた日に買ったんだ」

荷物の搬送が一段落して、静香が照れくさそうに湯飲みに桜湯を作って持ってきた。

「この桜の花が咲いてた頃は、まさか自分が今こうなってるなんてね……」

湯飲みに入れられた塩漬けの桜の花びらが、白湯のなかで少しずつ花を開かせていた。

「どう？　元気にやってる？」

「うん……。毎日大変だけどね」

「そう……」

塩気の中にも甘く芳しい桜の香が漂っていた。

「私もせっかく東京に住むんだし、これからいろいろ経験してみるよ……。さっそく英会話でも習ってみようかな。そして、お金貯めて今度はハワイにでも移住しようかなー、なんてね」


荷物の整理をしていてふと部屋を見渡すと、新しい容器に使い古しの物を入れたときのように、岩手から送り、ワンルームで使っていたものは、どうもこの部屋には不釣り合いで、光を吸収して色褪せて見えた。

「いいのよ別に、一人だから。壊れるまで使って、後はありがとうって言って捨てるから」

これまで何でも物を捨てるときには、静香はこの呪文を唱えた後、捨てる癖があった。

「別に、物が捨てられないってわけじゃないのよ。死んだ婆ちゃんが、よくそうしてたのを見て育ったから、ついつい私も癖でね……」

夕方になりベランダに出てみると、春先の温かい空気が上空にもまだかすかに残っていた。下の公園からは、子供らのサッカーボールを蹴る音や甲高いかけ声がここまで駆け上がってくるようだった。

どこからともなくアルトサックスの音色が聞こえてきた。異国の民謡か何かだろうか、これまで聞いたことのないロングトーンの曲で、まるで郷愁切なく長嘆息するように奏でる無名の奏者を足元に捜した。

「ようちゃん、寒くない？　そろそろ中に入ったら。新幹線の時間もあるんだし」

「うん、もう少し」

空にはいつの間にかピーコックブルーの帳《とばり》が下ろされ、林立する高層階の建物から目線を足元の方に移してくると、小さな住宅同士がしゃがんで肩を寄せ合うように並んでいた。

どの窓にも暖かい光が灯っていた。窓の内側にはどんな暮らしがあるのだろうか。親子で賑やかな窓、夫婦二人だけの窓、片親と子供のいる窓、老夫婦の窓、ペットと暮らす窓、一人暮らしの窓。この部屋の窓はどんな風に見えるだろうか。

「あるもので作ったけど、帰るまでにお腹すくだろうから食べてって」

ワンルームで使っていたローテーブルの前に腰かけた。静香が手際よく作った親子丼と味噌汁の椀から、ふわっと温かい湯気が立ち昇っていた。

「ねえ、ようちゃん。卵が先か、鶏が先かってよく議論になるじゃない？　あれって本当は、どっちが正しいんだろうね」

見覚えのあるエプロンを着けた静香が目の前に座った。

「どっちが先も後もないさ。一番最初の生命は、自分の身体をただ半分に分けて次の世代に引き継いで、それをずーっと、ずーっと今日まで繰り返してきただけさ。複雑に見える人間だって、結局はひとつひとつの細胞の集まりで出来ているんだし」

「一つのものを、半分こか……。まるで、かつてのうちらみたいだね、ふふっ。でも、生き物はみんな子孫を残すために、この世に生まれてきたんでしょう？　だったら、私は失格ね」

「そんなことないよ。しずは人の命を預かって、誰かのために立派に生きてるじゃないか。その看病で怪我や病気が治ったり、命が助かったら、またそこでだれかの命を繋げたことと同じだよ。俺だってしずと出逢って、独りじゃ絶対に得られなかったものをいっぱいもらったよ」

「命かぁ……。産めない苦しみもあるけど、生みの苦しみや、育ての苦しみも、きっとあるんだろうね……。ひとつの命を育むって、すごいことなんだよね。わたしも、これから何か残せるかな……」

「うん……、きっと」

「色々あったけど、ありがとうね」

静香の目には光るものが見えた。

「しず、ひとつ変なこと聞いていいか。もしかして、俺の浮気、気付いてたのか？」

「何よ、今さら。さあね……、ふふふ」

いつか、生まれたばかりの親戚の子供を抱かせてもらったとき、小さい身体に命の計り知れない重みを感じた。抱き方も覚束ないままに、腕に乗った愛らしい顔と、やわらかい身体に、僕の呼吸は小刻みに震えていた。

その隣で見ていた静香が、ひそかに泣いていたことに、僕は気づかない振りをしていた。

——これから親になろうとするあなたたち二人は、全然自覚が足りないんじゃないの？　もっと身体をいたわって、お腹の子を大切にしなさいよ！　これじゃあ、私が何のためにすべてを失うのか分からない——

琴代の切迫流産がやっと落ち着いたのに、今度は切迫早産になってしまったことが静香に知れたとき、静香は必死になって何かを訴えていた。

部屋を見渡すと、丈の合わないカーテンをとりあえず吊るした部屋には、片づけきれなかった荷物がいくつか残っていた。

料理好きだった静香が、半年の一人暮らしの間、どれだけの料理をこしらえたのだろうか。作って食べさせる相手もいない。田舎の土の付いた野菜や、ついたばかりの米もない。飲めば全身にスッと染み渡るような水もない。

でも、このとき食べた親子丼の味は、いつも静香が作ってくれた味と違わなかった。

僕は静香から帰るべき故郷を奪ってしまったのに、僕がこれから一人帰ろうとする場所は、はるか遠く毎日のように思い、かつて望郷の涙さえ流した場所だ。

――新しいスタイルの生き方――

これからもこの東京を訪れ、お互いの近況報告をする。何故静香はそれを望んだのだろうか。自分が産めなかった子の成長の話を聞きたがるだろうか。僕が帰った後のまた一ヶ月、何を思って暮らすのだろうか。

――子供が授からなかったけど、この人を誰よりも愛しています――

月に一度、こうやって二人だけで食卓を囲む。静香の心の中では僕たちの結婚生活が今でも続いているのかもしれない。

一方の琴代は、僕が東京に行った数日間、どんな気持ちで過ごすのだろうか。これからも誓約書に同意した内容に従い、謙虚に、そして母として強く暮らしていくだろうか。

いつか誰かが言っていた。答えは風の中にあるのかもしれない。

「ようちゃん、今夜は外、明るいね」
「うん、多分今日が十五夜じゃないかな」
「十五日じゃないのに、十五夜っておかしいね」
「大昔の日本の暦なら、今日がまさに十五日だよ。でも、人が色々とつじつまを合わせようとして、いつの間にか気づかないうちに時計の針がずれたのかもね」

ベランダに出てみると、足下の住宅の屋根が月の光を反射し、狭い路地にまで光が行き届いていた。その先にはビルの谷間を流れる運河が、明るく照らし出されてキラキラと輝いていた。

「でも、そのズレのお蔭で、数年に一度、ひと月に二回満月が見られる年があるんだ。二回目の満月は、見ると幸せになれるっていう言い伝えがあって、〝ブルームーン〟って言うんだよ」

「ふーん、ブルームーンか……、いつか見てみたいな」

耳に当たる微風が、はたはたと心地よい音を立てていた。

静香の横顔は、月明かりにその輪郭を映し出され、髪の毛がやさしく風に靡いていた。

「月ってとても神秘的で、潮の満ち干を司っていて、月の引力が最大になる満月の夜は、蟹が海辺で大産卵するんだってさ」

「人間もそうだってね。私は関係ないけど」

「でも、満月の夜は明るすぎて、星もかき消されちゃうから、俺らの〝天の川の逢瀬〟もほかからは見えなくていいんじゃない？」

「ようちゃんのバーカ」

完

あとがき

入稿の際、文芸社の編集者Yさんに、この小説にはあとがきが必要であり、小生の文学観や人生観をぜひ書いてほしいと言われた。しかし、この小説を書き上げたとき、自分の心の中を探ろうと覗いてみたのだが、正直、何も見つからなかった。

誰しもこの世で愛する人に出逢い、その人と人生を共に歩むために生を受けたはずなのに、それが叶わないとき、生きる意味そのものを見失うことがある。


二〇一一年三月十一日。

多くの人が、大切な命や物や故郷の風景までも一瞬にして失くした。

子供を亡くした人、親を亡くした人、連れや恋人を亡くした人。

九死に一生を得た人であっても、長期の避難生活で、ストレスや過労、病気による震災関連死も報告されている。

また、故郷を離れ、環境変化による認知症発症など、人格崩壊による〝精神の死〟を迎えた人もいる。

今、あれから三年が経ち、前を向いて必死に歩き出している人もいれば、あの日のままそこにとどまり続けている人もいる。止めた時計の竜頭を回す気には、まだなれないのかもしれない。

しかし失った感情も、時が経てばいずれは色褪せていくだろう。まるで見えないものは、存在しない（しなかった）ことと同じであるかのように。そのとき、愛した人の幸せを願うことや、失った人の幸福を喜ぶことを、〝愛〟と呼べる自信はない。また一方で、失ったこと自体を認めないで生きていくことも〝愛〟とは呼べないのかもしれない。もし、究極の〝愛〟というものが本当に存在するのならば、現在進行形で〝愛する（愛した）〟人を、苦しみながらも、もがきながらも忘れないで生きていくことなのかもしれない。

曹洞宗の開祖、道元禅師が残した修証義《しゅしょうぎ》に次の一節がある。

無常《むじょう》憑《たの》み難《がた》し、知《し》らず露命《ろめい》いかなる道《みち》の草《くさ》にか落《お》ちん。
身已《みすで》に私《わたくし》に非《あら》ず、命《いのち》は光陰《こういん》に移《うつ》されて暫《しばら》くも停《とど》め難《がた》し。
紅顔《こうがん》いずくえにか去《さ》りにし、尋《たず》ねんとするに蹤跡《しょうせき》なし。

昔は海を見るのが好きだったが、最近では川を眺めるのが好きになった。これも歳をとったからなのだろうか。

海は、寄せては返す波の繰り返しだが、川は、今そこにあった水がとどまることなく過ぎ去ってしまう。まるで、限りある人の記憶や人生そのもののようだ。

しかし、その川もいずれは大海原に注ぎ、一つに混ざり合っていく。そして、表面から蒸発して上空に吸い上げられ、いずれは雨や雪となって再び大地に降り注ぐ。

生命も同様、その寿命を全うした後、その屍は大地に溶け出し、無数の分子や元素にまで分解され、土中の生物や植物の栄養源となり、いつか誰かの身体の一部となっていく。

地球が誕生して以来、この世の物は全てこの地球上で循環してきた。そして、この先もずっと繰り返されていくのだろう。

その流れの中で誰かと出会い、愛し合い、そしていつか別れの時を迎える。
偶然にもせよ、その愛した人と、無限の時空の中で、この瞬間《とき》に奇跡的に巡り会えたことを、ここに感謝したい。

お世話になりました、出版企画部の、小生と多分歳も近いだろう気さくなKさん、長年の経験と強い信念から適切なアドバイスをいただいた編集部のYさん、「執筆と出版の説明会」で稚拙な小生の原稿を寛大に拾っていただいたSさんに感謝いたします。

第一章と第九章に、THE YELLOW MONKEYの「球根」を引用させていただきました。

平成二十六年六月

著者プロフィール

鴇尾 涼（ときお りょう）

ニガヨモギの成分ツヨンを原料とする、“緑の悪魔”と呼ばれた幻の禁酒、アブサンを１ダッシュ振ったカクテル「ムーンレイカー」をこよなく愛する。

岩手県出身。東日本大震災を経験。

現在、東京都内在住。

満ち欠けのない月

2014年10月15日　初版第１刷発行

著　者　鴇尾 涼
発行者　瓜谷 綱延
発行所　株式会社文芸社
〒160-0022　東京都新宿区新宿1－10－1
電話　03-5369-3060（編集）
03-5369-2299（販売）

印刷所　株式会社フクイン

ISBN978-4-286-15547-0　　JASRAC 出 1407319 － 401